松井寿一

医療ジャーナリスト

がんを友に生きる

空蟬橋を渡ったジャーナリスト

元就出版社

松井壽一さんのこと

高野山真言宗傳燈大阿闍梨
烏帽山最福寺法主
医学博士
池口恵観

このたび松井さんが著書をお出しになると言う。以前に頂戴した薬の歴史のような本かと思ったら、ご自身のガン体験だとおっしゃる。ならばガンのお話を書かなければなりませんが、私はついぞ松井さんから進行状態を伺ったことがない。今も元気にしておられるようですから、拝見したままをお伝えしておきましょう。

松井さんと初めてお目にかかったのは、二十年も溯ろうか。いつも冗談を飛ばして周囲に笑いを施しておられた。ご本人も固太りの大黒様か恵比寿様のような方でした。笑いは長生きの秘訣、百薬の長などとおっしゃっておられたようだが、ある時、げっそりと瘦せてこられた。今回のお話によりますと十年前だったそうな。

背広もズボンもダブダブで、笑う顔にシワができる。どうなされたかと伺いますと「ガンでした」と。胃をこれこれ切って入院しておられたとおっしゃる。「今日は、是非ともお加持をお願いします」と、言われて驚いた。

　無常が世のならいとはいえ、親しい方に亡くなられるのは悲しい。のみならず恵観が側にいながらむざむざと死なせては、面目も立たぬ。寿命ならいざ知らず、余命をまっとうせずして果てるのは勿体ない。こうしてお加持《かじ》をさせていただくことに相成った。

　松井さんには「先生」の顔がある。医療ジャーナリストとして、私の江の島大師で毎月講演をしていただいている。信者さんがお加持を待つ間の三十分ほどだが、松井さんからの申し出によってボランティアで始まった。私もそれを妙案と信じた。折々の医療情報をお話いただきながら、信者さんの心を「笑い」で和《やわ》らげてもらう仕組みである。その「先生」がポックリ亡くなられては、私としても困るわけです。

　講演とお加持ということを何年続けただろうか。日に日に良くなると申しても、毎月一度のことです。予後の治療も続けておられるようだから、何が効いたか分からない状態ですが、私がお加持をさせていただいている間、一度たりとも「危ない」と感じたことがない。薄皮をめくるように、とはこのことだろう。そのうちに私は、松井さんのガンのことさえ忘れておりました。今回、何か推薦文を請われて思い出した次第であります。

　お加持は、決して万能ではありません。しかし、その方の生きようとする強い意志があり、生命力を残しておられるならば、それを刺激することで奇蹟を体験された方は少なからずあります。精神面から免疫が高まるとおっしゃる先生もおられますが、そのメカニズムが科学的に証明されているわけではありません。

　弘法大師は、普通の怪我や病気は医薬で治すが良い、しかしながら因縁による病はお加持によって医《いや》す、とおっしゃっています。その人の病気がそのいずれなのかの判断は難しいのですが、松井さんが今、元気にしておられることが、私にとってはとても嬉しいのです。発病から十年、本当に短い間だったように思われます。

平成十七年五月吉日

最福寺分院・江の島大師にて

目次

1 がん発症

5年前、平成6年10月28日の夕刻、この橋の上に立っていた時の心境は今でもはっきりと思い出すことができる。うすうす感づいてはいたが、心のどこかに「そうあってほしくない」という気持ちが強く残っていた。

「ガン」「がん」「癌」「悪性新生物」という文字をこれまでにどれだけ書き、言ってきたことか。私は、これらについて医療ジャーナリストとして客観的に表現する立場であった。それがどうしたことか、我とわが身にがんができている。信じられなかった。

うそだと叫びたかった。この先どうなるのか。なぜ自分にそんなものができたのか。神や仏を呪うなどとは思いもしなかったが、理不尽だと言うふんまんは胸いっぱいに広がっていった。

橋の下を、時折轟音《ごうおん》をたてて山手線の電車が通り過ぎていく。橋の名前は「空蝉橋《うつせみばし》」。そのすぐ近くに病院があり、そこで再びはっきりと「胃がんの第3期」と聞かされた。「切除する

しかないでしょう」とも。その時なぜか「身体髪膚《しんたいはっぷ》これを父母に受く、あえて毀傷《きしょう》せざるは孝の始めなり」の言葉を思い出した。そして、ついでに有名な陽明学の権威・安岡正篤先生が言ったといわれるジョークも思い出した。

毀傷せざるは孝の始めなりを「起床せざるは」と誤解して、寝坊することが、なんで親孝行になるのかという話である。

「空蟬」という言葉を最初に知ったのは中学生のころで、古賀政男の名曲『影を慕いて』の一節にあった。源氏物語に空蟬の巻があるのを知ったのは大学に入ってからである。「うつせみ」を広辞苑で調べてみた。

——うつせみ（現人）。ウツシ（現）オミ（臣）の約ウツソミが、更にウツセミに転じた。「空蟬」は当て字。「この世に現存する人間。生存している人間」「この世、現世、また、世間の人、世人」とあり、「身、命、世、人、妹」にかかる枕言葉ともある。

——うつせみ（空蟬）。現人に空蟬の字を当てた結果、平安時代以降できた語。①蟬のぬけがら、②転じて蟬、③魂がぬけた虚脱状態の身、④源氏物語の巻名。またその女主人公の名。伊予介の妻。源氏に言い寄られるが、その身分や立場のゆえに悩む。夫の死後は尼となり、やがて二条院に引き取られる、とある。

生かされている

5年後の平成11年初冬の夕刻、空蟬橋の上に立って池袋方向を見た。巨大な煙突がそびえている。清掃局の建物の一部だが「健康プラザとしま」という施設が併設されている。胃の幽門部から上の3分の2を切除して、まがりなりにも「5年生存率」をクリアした心境は、生きていてよかった、生かされていてよかったという素直な気持ちである。

5年前の迫りくる夕闇の寂寥感《せきりょうかん》は今はない。何かをまだやり残している、成し遂げるべき何かがあるはずだ――という思いが込み上げてくる。再発、転移の心配がまったくないといったらうそになる。恐れは常につきまとっているが、四六時中さいなまれているわけではない。がんと闘ったという悲壮感も、がんに勝ったという気持ちもない。

ある時期がんと共生していて、手術でそれを取り除いた。いつまた共生することになるかわからない。今はつかの間の平和な時期なのかもしれないが、ひとりのジャーナリストとして、がんと向き合って生きてきたことを書きとめ、参考にしてもらえる人がいるならという思いで、つづっていきたい。

自分の病気を売り物にしたくない――というジャーナリストもいる。同じ病名がついても、患者一人ひとりの病状は異なるから参考にはならないという意見もある。

顔や姿が違うように、いろいろな考えがあっていい。私は私の5年間を克明とまではいかないまでも日記として書きとめてきているので、多くの人々とのかかわりを中心に書き進めてみたい。

胃を意識する時

胃は意識しない時が健康である。もたれたり、むかつきがあったり、あるいは、かすかに痛んだり、胃を意識する時は要注意である。できるだけ早く医師の診察を受けたほうがいい。

平成6年は初夏のころからおかしいという感じはあった。飲み過ぎ食べ過ぎで胃を荒らした時は、一過性の炎症だから胃薬を飲むか、飲食を控えればよい。人間には自然治癒力が備わっているのだから、日ぐすり時ぐすりでよくなっていく。しかし潰瘍が進んでいたり、がん細胞が増殖したりしていたらそうはいかない。私の場合は「幽門狭窄《ゆうもんきょうさく》」で食べたものが腸へ行きにくくなっていた。

昭和60年ごろまでは胃潰瘍で手術を受ける人が多かった。胃の中で分泌されている胃酸は消化を助ける働きをしている。しかし過剰に分泌されると胃の粘膜を破壊してしまう。その結果、胃痛、胸やけ、もたれ、むかつきなどの症状が出てくる。

胃酸は主に胃壁の細胞にあるヒスタミンＨ２受容体に、ヒスタミンという物質が結合することによって分泌される。そこで胃酸の分泌を抑えるにはヒスタミンの代わりにＨ２受容体に結合するものがあればよいということになる。それがＨ２ブロッカーでシメチジン、ラニチジン、ファモチジン、ロキサチジン、ニザチジン（以上いずれも成分名）と、いろいろな薬が登場してきた。これらの素晴らしい効き目の医薬品で胃潰瘍は治るようになり、手術はほとんど行われなくなった。ただ大量の出血、胃穿孔《いせんこう》、幽門狭窄の3例の場合は手術となる。

かつて外科医に聞いた話がある。胃はきわめてプリミティブ（原始的）な臓器なので扱いやすい。つまり手術しやすいというのである。手術の腕を磨けるのは胃潰瘍なのだが、今ではほとんどが薬物療法で治るようになってしまったので腕の磨きようがない、という嘆き節であった。

となると外科手術の技術はレベルダウンしているのであろうか。患者としては心配である。

足の手術で右と左を間違えて、良いほうの足を切断されてしまった例があった。心臓の患者さんと肺臓の患者さんを間違えて、それぞれ良いほうを手術した例もあった。こうした医療過誤が、なぜか増えているような気がする。もっとも、こうした間違いは不注意が原因で、技術以前の問題だともいえる。

こんなブラックジョークがある。外科のお医者さんが手術をする時にゴムの手袋をはめるのはなぜか？ 指紋を残さないためである。この話はここでどっと笑って終わりのはずなのだが、真に受けてしまった人が「それで顔がわからないように、大きなマスクをしているんですか」と聞き返したというオチがついている。

私の隠密行動作戦

私の幽門狭窄という病気は、放っておくと2年後に完全にふさがってしまい、食べ物が通らなくなる。しかも、その間にがん化する恐れがあると先生から言われ、手術をしてもらったのだと友人、知人に説明してきた。セカンド・オピニオン、サード・オピニオンまで聞いての決断だったが、なぜか、がんであることを素直に言えなかった。何も隠し立てすることはないのだが、奇異の目、同情、憐憫《れんびん》を避けたかったのだろうか。

入院・手術となれば一定期間一般社会から隔離される。仕事上をはじめ、社会的なかかわりがいろいろあるが、すべて連絡はストップされる。

11月19日の入院で12月5日の手術、12月20日退院の日程だったから、1カ月間も音信不通となっては、各方面に多大な心配をかけることになる。実際は外出許可をもらって出張したりして、缶詰状態となったのは11月30日からであった。それでも、まるまる20日間である。仕上げなければならない原稿があるので山ごもりをすると連絡し、家人にも同様の返答をしてくれるように頼んだ。

病気のお見舞いで、いったい、どのくらいの人たちの病室を訪ねたことだろうか。今は亡き人を含めて、次から次へとお顔が浮かんでくる。いろいろな病気があり、いろいろな病室があった。ひとりで行ったこともあり、2人3人と連れ立って行ったこともある。退院は確実とされていた人のほうが多かったが、そのまま不帰の客となるだろうとされていた人もいた。取材で医師や看護婦を訪ねて病院に行くのは何でもなくても、見舞いで行くというのは心が重い。そんな思いはしてもらいたくないという気持ちと、病気（しかもがん）であることを知られたくない気持ちとあいまって、入院を隠すことになった。

歯科もあれば婦人科もある総合病院であるとはいっても、入院したのは癌研究会附属病院である。通称「癌研《がんけん》」と呼ばれている。頑健《がんけん》なのに、なぜ病人なんだと言ったことがある。お見舞いに行くことはやぶさかではないが、見舞いに来られるのは苦手で、このわがまま勝手から出た隠密行動作戦は一応功を奏した。

家族のほかに入院を知っている人は5指に満たなかった。

有言実行の減量宣言

次なる問題は体重の激減である。退院してから人前に出た時に、まず、なぜやせたのかが問われる。肥満体であったことは広く知られていた。身長163・5センチで、体重は74キロ。

もっとも重かった時には、80キロになろうとしていた。超えたことはなかったが、かろうじて79キロを保っている状態だった。

主治医の朱野《あけの》誠先生（内科）は都電荒川線の鬼子母神駅のすぐそばで診療所を開設しており、とにかくやせなさいと口を酸っぱくして言ってくれていた。第1次目標を75キロを割ることとし、どのくらいかかったか記憶にないが、一応達成できていた。

朝昼夜の3食はきちんととるほうで間食はしない。タバコも吸わない。しかし、ほとんど毎晩のように酒と接する機会がある。飲むほどに酔うほどに食べるものがおいしくなってくるという性質で、つい食べ過ぎてしまう。これを午後9時以降はアルコールも控えめにして食べ物は一切口にしないことを習慣づけた。以前は夜中の2時3時に仕上げのラーメンを食べたりしていたが、そうした悪習もピタリとやめた。その努力（?）の甲斐が実っての第1次目標クリアだったのだ。

第2次目標は70キロを切ることである。不言実行もいいが、自分は有言実行だと減量することを公言し、それなりの取り組みをしたのだが、いっこうに効果が表れない。そのうち血圧、血糖値、尿酸値、GOT、γ—GTPといったものの数値が上がり始めた。

それではならじと11、12、1月の3カ月間アルコールを一切飲まないこととし、お酒を飲まなければ食事もさほど進まないので、減量に成功した、と胸を張って言えることになる。

手術後の体重は65～66キロとなっていた。これならやせると公言していた第2次目標の達成ということで、変な病気をしていたのではないかというかんぐりを防ぐことができる。年末年始は忘年会、新年会のシーズンだが、それらをキャンセルしての結果だった。

新年会にはいくつか出席したが「ノンアルコールの仕上げの月ですので」と言い訳してウーロン茶を飲んでいた。

現在の体重は67キロ前後でコンスタントに推移している。胃がんの手術でやせたことを知っている人は増えてきているが、当初は減量作戦大成功の説明を真に受けてくれた人も多かった。3ヵ月アルコールを飲まなかっただけで、8キロも体重が減ったことに感嘆の声をあげる人もいたが、なかには腑《ふ》に落ちない表情をした人もいた。さもありなんである。着るものがすべて合わなくなった。それへの出費は痛いが、着るべき身体がなくなったわけではないのだからと自らを慰めた。

「胃」病息災の人々

飲食物は口から入って食道を通って胃の腑へ到達する。食道とつながっている胃の入り口を噴門《ふんもん》部という。それから中央部があって、十二指腸とつながっている出口が幽門部である。どの部分にがん細胞が発生し増殖するかで切除の仕方も違ってくる。

胃潰瘍で胃を全摘した人を知っている。胃酸がまったく失われているわけだから、飲み物食べ物に苦労する。胃に滞留しないから直接腸へ行ってしまう。がんで全摘した場合もまったく同じである。

しかも切除時の留意事項として再発、転移を未然に防ぐ配慮がされるので、リンパ節や胆嚢《たんのう》を切除してしまうことが多い。胃の全摘ではなく3分の1、3分の2、あるいは4分の3などの切除方法もあり、第1期、第2期といったステージの違いもある。

手術後、ほとんどの人にダンピング症状が起こる。血糖値が急激に下がったり、腕に激痛が走ったり、これも人によって千差万別である。

上方落語家の笑福亭小松師匠は胃がんで全摘後、一念発起して鹿児島から北海道札幌まで日本列島を徒歩で縦断した。途中何ヵ所かで「がん克服落語会」を開きながらである。40歳の時、胃がんで全摘した自然食友の会の野本二士男会長は今74歳だが、いたって元気である。明治製菓の笹井章会長は潰瘍で3分の2を切除したが、75歳でよく飲み、よく食べ、よく歌い、元気いっぱいである。

胃を切除してから、私はここにいるけどいない（胃無い）と言ったことがある。

日本ホリスティック医学協会の成澤達郎先生のジョークは「胃がんを切除してから学生を教える気力に欠けたので大学を退職した。『胃がん（依願）退職』である」

一病息災の言葉どおり、どこか悪いとか、胃を切ってしまったという人は、健康に留意するので意外と元気な人が多い。この世に生を享けたら必ずこの世を去る日がくる。それがいつになるのか、どのような原因でかは分からないが「生あるものは必ず死ぬ」ことになる。病気をすると、その当たり前の機微が何となく分かってきて、肝が据わるというか、胆力がついてくるのかもしれない。死を恐れないというと言い過ぎだが、少なくとも遠ざけようとはしなくなるのではないか。

生と死は表裏一体で身近なものなのだと感得できるようになる。

「生まれ落ちたら死出の旅」をたどっていることが、何となく納得できるようになる。裏返していえば一種のあきらめ、諦観といえるものかもしれない。意識がはっきりしていて、この世からおさらばするのがいいのか、何となくぼやけてきて朧《おぼろ》の状態で旅立つのがいいのか、私はどちらかといえば後者を選びたい。

脳血管疾患の後遺症やアルツハイマーでボケる、つまり痴呆になるのではなく、自然に全身の機能が弱っていって事切れるというのが望みである。

日本テレビの『知ってるつもり』という番組で俳優の三船敏郎を取り上げたことがあった。その時、画面中央に縦書きで死因が出た。「全機能停止」。素晴らしいなと思った。俳優として国際的に名を高める活躍をし、全力を尽くして生き切った。見事な生き方であり、死に様であると思った。

三船さんとは比ぶべくもないが、数倍も柔《やわ》な生き方の私にも生命の終わりの日がやってくる。西方浄土へ旅立つまで「酔生夢死《すいせいむし》」でいけたらいいなと思っている。

胃がんの第3期

平成6年の夏、漠然とだが、おかしいと感じていたことがある。

福岡や札幌へ日帰りの出張をした際、仕事を終えて空港へたどり着いた時、手荷物検査を終えての待合室で1杯の生ビールを飲みたくない状態になった。チーズやちくわ、ミックスナッツをつまみにしてのどを潤すのが楽しみだったのに、飲んでもおいしいと思わなかったり、まったく飲む気が起こらなくなったりしたのである。

少し疲れているのかな、あるいは暑いからかなと理由をほかに求めて、胃の具合がおかしいとは少しも気がつかなかった。暑気払いとか年2回の定期的に開く会合とか、外での飲食はそれなりにこなしていたが、早く帰宅した時はアルコールを欲しいとあまり思わなくなってきた。でも胃そのものがおかしいという自覚症状はなかった。

そうこうしているうちに「節目検診」の日がやってきた。豊島区から通知がきて7、8の2カ月間のうちに最寄りの診療所で受診する。7月26日午後、朱野医院を訪ねた。問診でアルコールを飲まない日が増えていることと、倦怠感を覚えることがあると答えている。58歳になっているのだから当然でしょうと朱野先生に言われ、妙に納得したのだが、貧血になっていると言われたのが、少々気になった。

後になって思いついたことは、大便の色が黒かったことである。胃の患部から出血していたのであろう。尾籠《びろう》な話で申し訳ないが、毎朝の便の色を見ることは大事である。自分の健康状態を判断するひとつの方法である。

8月18日午前8時半、豊島区医師会の検査センターへ行って胃部検診を受けた。これも毎年のことである。バリウムを飲んで検査台に乗って、うつぶせになったり仰向けになったり横になったりして、X線撮影が進められていったが、例年よりも繰り返しが多かったり「変だなあ」という声が聞こえてきたり、ついにひっかかったかなと思わされる展開となった。

不安は残ったが、検査は終わった。朝食をとらないで出かけてきたので、近くのホテルのレストランで家人と待ち合わせをしていた。検査の結果がわかってから心配すればいいわけで、チラッとよぎった不安については家人には話さなかった。

要精密検査の案内がきて再び出かけたのは、9月16日だった。

さすがに、ずいぶんと念入りに撮影された。血圧は92～140だったと手帳にメモしてある。

今度はすぐに案内がきて、9月21日に内視鏡で見てみるという。生まれて初めて胃カメラを飲んだ。やはり苦しくて嘔吐の症状が何度も出た。何も食べていないので、胃から吐しゃ物は出てこないが、代わりに目からしきりと涙が出た。

こんな管は2度と飲むものではないと思ったが、その後何度も飲む羽目となる。

検査結果のご託宣は「とても大きな潰瘍ができています」だった。潰瘍なら良い薬ができているからと思い、家人にその旨を電話で伝えて仕事に出かけた。

翌22日は夜、打ち合わせで飲んで、帰宅したのは午前零時を回っていた。家族はみな寝静まっているので、シャワーを浴び、そうーっと寝床にもぐり込んだ。

23日朝、目がさめて顔を洗ってリビングへ下りていくと、家人がじいーっとこちらの顔を見つめて「胃がんの第3期」と告げた。昨夜、朱野先生から連絡が入ったのだという。

2 胃がんの第3期

「胃がんの第3期」と告げた家人の目がみるみるうちにうるんできた。「ワッ」と言って胸元に飛び込んではこなかったが、私は「ハッ」と胸を衝かれてとっさに何の言葉も出なかった。まさかという思いと、たしか胃がんは第4期まで区分されていたはずだから、第3期というのは相当悪いんだなという考えが交錯していた。それにしても毎年同じ時期に胃部検診を受けてきている。昨年も一昨年も「異常なし」の結果が出ていて、今年になっていきなり「第3期です」というのは一体どういうことなのか。

この1年間で発病し、急激に病状が進んだということなのか……。癌研病院の大山繁和医師は後日「1年でここまで進むなんてことはありません。何年もかかっているはずです」と言った。とすると検診で見過ごしていたことになる。それでは診断ミスではないか。手遅れで生命を落とすようなことになったら残された家族が訴訟を起こし、こちらが勝つことになるかもし

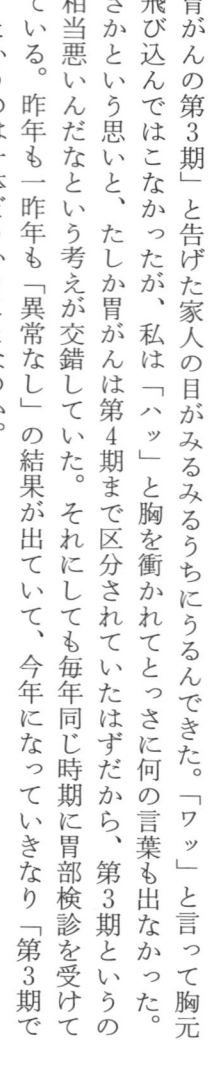

れない。

こんなブラック・ジョークがある。

医師に「野球を知っていますか」と聞く。「知っている」と医師が答える。そこで「野球は三振したら終わりですよね」と聞く。「そのとおり」と医師が答える。「でも医者は五振（誤診）もできますね」

告知は最初に本人に

インフォームド・コンセントの問題もある。日本医師会は「説明と同意」「告知と理解」と訳している。1970年代の初めごろから、米国でしきりといわれ実践されてきたもので、日本には90年代の初めごろ入ってきた。患者に病状について十二分に説明し理解してもらったうえで、どのような治療方法を採るかを伝える。治療方法がいくつかある場合は、患者がそのなかのひとつを選ぶということもある。

これまでの日本の医療は「おまかせ」が主流を占めてきた。俎板の上の鯉というか、運を天に任せるというか、専門家のお医者さまにすべてお任せしますというのが普通であった。しかし考えてみると、医療の主人公は病人である。病気にかかっている、けがをしているなどの病人がいてはじめて医療担当者や、医薬品や医療機器などが必要となる。主役は病人であり、その他は脇役なのである。現在はこうした考えが浸透してきて、長年にわたる「おまかせ」の慣習は改善されつつあるが……。

もうひとつの問題がある。主役の病人本人が知らないところで病名の告知や治療方法の説明が行われていることである。私の場合も「胃がんの第3期」を最初に知ったのは家人である。主治医の朱野誠医師とは同じマンションの上下に住んでる気安さはある。家族ぐるみで食事をする親しみやすさもある。家人は薬剤師の資格を持って働いてもいるので、医療について心得がある。そんなこんなで伝えてきたのだと思うが、最初に伝えるのは本人、つまり私になのではないだろうか。

米国では、まず本人に伝え、本人がそれを家族に伝えるか否かは本人の自由である。日本ではなぜかまず家族に伝えられるのがほとんどで、本人に伝わらない場合もある。「気が弱いから本当のことを言わないほうがいい」といった話を聞くこともある。本人が知りたがらない例もあるやに聞く。

しかし、事は自分の生命に直接かかわる病気の問題である。病気を克服して生き抜こうとするのか、もはやこれまでとあきらめて死への軟着陸を考えるのか、いずれを選択するにしても本当のことを知っていたほうが覚悟を決めやすいはずである。本人は知っているが家族には知らせていない、家族は知っているが本人は知らない、どちらも不自然である。前者は本人の覚悟であるからある程度許せるとして、後者はあってはならないことである。私ががん告知されたら家人に本当のことを伝えるであろう（現実はこの逆であったが）。しかし子ども、親、兄弟にはどうであろうか。そしてまた友人、知人には……。

家族・友人には心配かけたくない

同居しているのは母親と家人と二女、長男、私の5人。母親にはがんであるとは言わなかった。1カ月も入院して手術するのだから、病気であることは伝えなければならなかったが、胃潰瘍で大したことはないと付け加えた。米国ロサンゼルスに住んでいる長女にも知らせなかった。やはり、余計な心配はかけさせたくなかった。退院は12月20日で、ちょうどその日に青い目の婿さんと来日することになっている。そうすれば自然とわかることになる。「縁は異なもの」というが、まさかわが娘が背の高い紅毛碧眼《こうもうへきがん》の青年と結婚するようになるなどとは思いもよらないことだった。留学が決まった時、虫の知らせというか何というか、何となく不安がよぎったので「青い目の恋人なんかつくったら、白い目をむいて怒るぞ」と言ったのだが、こればかりはいかんともしがたいものである。

二女と長男には家人が本当のことを告げた。友人知人には一切言わないことにした。ただし同じマンションで朝夕顔を合わせ、親しくしている人たちには、隠しおおせるものではない。聞かれたら有り体に答えることとした。弟がひとり、東京の下町に所帯をもっている。滅多に連絡してこないので黙っていることにした。母親にも弟には言わないよう固く口止めした。妹がひとり、石川県金沢市に住んでいた。平成2年10月、夫と3人の子どもを残して死去した。血液のがんであった。53歳だった。

がんは遺伝子の病気であるとされている。父方なのか母方なのか。弟は私より10歳若くきわめて健康だが、3人の子どものなかで私と妹と2人までもがんになったことになる。私の3人の子どもたち、妹の3人の子どもたちは、果たしてどうなのだろうか。家人の勤務先・椎名町のホサカ薬局の先生（保坂俊文・由美子夫妻）には、事態をわかってもらうためにこっそりと伝えた。唯一例外となったのは、家人の親友である。

昭和薬科大学時代からの親友で書道の師でもある岡田珠美さん。手術後のある日、ご主人（私と同じ早稲田大学の出身）と一緒に、病室へ忽然と現れた時には本当にびっくりした。きれいな花をたくさん抱えてきてくれた。家人と娘と息子以外で病室へきたのは岡田さん夫婦だけである。家人もよほど心細かったのであろう。「珠ちゃん」と呼んで仲よくしている親友にはつい愚痴をこぼしてしまったのである。だれにも知らせないという約束を破ったわけだが、私は怒る気にはなれなかった。

平成6年9月23日の朝、私は私が胃がんであることを知った。

「切るしかないのか」と思った。気持ちが動転したり、混乱したりはしなかったが困惑はしていた。この先の入・退院の日程がどのように組まれるか。予定されている仕事、定められている原稿の締め切りなどをうまくこなすことができるのか。いろいろなことが頭の中をぐるぐると回った。できることなら切らなくてすむ方法はないものか、とも考えた。「長年の不摂生のツケが身体に出たんだ」と家人は言う。

50歳を過ぎてからは遅い帰宅はなくなったが、30歳、40歳代はほとんど午前様という生活であった。飲むほどに酔うほどに食べる物がおいしくなり、楽しくなった。「腹も身の内」と子どものころに両親から言われた言葉を折に触れて思い出してはいたが、すぐに片隅に追いやって、暴飲暴食を重ねていた。午前1時、2時に「仕上げのラーメンの味はまた格別」などといいながら、よく食べたものである。長時間にわたって胃を冷やしたり温めたり、それを毎晩のように繰り返していれば、おかしくならないほうがおかしい。ついに胃が反乱を起こしたということなのであろう。「後悔先に立たず」で、明朝、朱野医院へ行って今後のことを相談することになった。

「がんセミナー」を聞く

その日の午後は有楽町の朝日ホールで「がんセミナー」を聞くことになっていた。これも不思議な縁である。２ヵ月前に新聞紙上で予告があって、参加を申し込んで、参加証が送られてきて、今日という日を迎えた。胃がんが判明した日にがんセミナーに参加するとは、偶然か必然か妙なめぐり合わせである。

セミナーの正式名称は「平成患者学シンポジウム」で朝日新聞編集委員の大熊由紀子さんが司会役。大熊さんとは医学ジャーナリスト協会の会員でともに幹事を務める仲である。このシンポジウムのシリーズで抽選に漏れた時には大熊さんに頼んで席を確保してもらったこともある。パネリストは三笠宮寛仁親王、竹中文良医師、内坂由美子医師、中川米造医師であった。

三笠宮寛仁親王はヒゲの殿下として広く知られ、国民からも親しみを持たれている。2度目の食道がんの手術を受けられて元気になられてのご出席であった。食道の上部と下部とにできたがんを2度にわたって切除手術を受けられた。もちろん手術と手術の間にはそれなりの期間があいていた。

「食道がんとひと口に言うが、私自身としてはまったく別の病気という印象であった」と感想を述べられた。また「がんになってみてわかったことのひとつは、精神力、根性というのは健康な状況下でなら発揮できる。病気で心が落ち込んでいたり苦痛で身体がまいっていたりしている時は通用しない。ガッツとかやる気とか、とにかくがんばるんだという気持ちは病状が安定し、好転の兆しがみえて、先の見通しが明るくなってきたら有効である」とも言われた。「がんという病気は患者の個体差が大きいと思われる。病名は同じでも発生部位が違うとまったく違う病気である」とも語られた殿下は、障害者への支援活動にも熱心に取り組んでおられる。

このことについては、健常者も障害者もそれぞれに心得違いをしている面があると、次のように指摘された。

「健常者はただひたすら障害者をサポートすればいいと考えがちだが、それは違う。いっぽう的にサポートするのではなく、まず障害者の立場、心情をよくくみ取ってあげることが大切である。いっぽう障害者は何をどうしてほしいかをはっきり言うことである。何から何まですべて健常者にやってもらうのではなく、自分でできることは自分でやるという自立の気持ちを持つことが大切である」

抗がん剤は飲まなかった

竹中文良医師は日赤医療センターの外科部長である。平成3年に『医者ががんにかかったとき』(文藝春秋)という本を出版されている。「そうか、お医者さんでもがんにかかるんだ」という新鮮(?)な驚きを覚えて、さっそく本を購入して読んだ。さすが医師だけのことはあると思ったのは、ご自身の手術を多分こうだろうとシミュレーションして記述されていることだった。

本人は麻酔をかけられているので意識はなく、記憶も残っていないのだが、そこはそれ外科医として手がけられた過去の豊富な手術例に照らして、医師の動きや看護婦の動き、交わされる会話、リンパ組織の一部を切除して病理検査へ回した、その病理結果が連絡マイクで伝えられてくるシーンなど、それこそ施術者の息づかい、メスやハサミが触れ合う音などが聞こえてくるような、リアルな手術室の模様が描写されていた。

しかも竹中先生は、若い医師にカメラを託し手術の一部始終を撮るように頼んでもいる。

竹中医師は、下行結腸からＳ状結腸の移行部に直径３センチほどの腫瘍ができていた。ご自分でレントゲン像をみて「早期がんの段階はとうに過ぎているが、まだ十分手術で摘出しうる」と判断し「少し元気が出た」と記述されている。

シンポジウムで述べた竹中医師の話の骨子は次のようであった。

「現段階で消化器がんに効く薬はないので私は飲まなかった。医師は患者に薬を飲ませたがるが、自分自身は飲まない傾向が強い。私の経験では医師は薬の効能に目がいってとらわれるが、患者は副作用のほうが気になるようだ。医学、医療はまだまだ未発達のところがあるので、ワラをもつかみたい気持ちは分かるが、頭から信じこまないことが賢明である」

消化器がんに効く抗がん剤はないという竹中先生の説を信じ、私も一切抗がん剤を飲まなかった。

人生をありのままに受け入れる

落語家の立川談志師匠は、食道がんの切除手術を受けている。その折に考えついたのであろうか、面白い小咄を披露している。

「新年を迎える時や宇宙へロケットを打ち上げる時には、カウントダウンを行う。10、9、8、7、6、という具合だ。ところが手術時に全身麻酔をかけると1、2、3、4と数えていく。たいてい5か6でコトッと効くのだが、ある患者が9と聞いた途端にガバッとはね起きた。ボクサーだった」

談志師匠の小咄ではもうひとつ好きなのがある。「海辺の会話」である。

「どうした、浮かない顔しているね」

「うん、泳げないんだ」

内坂由美子医師は、長野県上筒井郡小布施町の新生病院の先生である（ご主人が院長）。

終末期医療に熱心に取り組んでいるキリスト教系の病院で2年前、医学ジャーナリスト協会の有志が見学に訪れ、懇切に案内してもらったことがある。四囲の自然環境がよく、静かなたたずまいの病院で、心穏やかに息を引き取るには格好の場所となっている。近隣の人たちだけではなく、かなり遠方からも入院というか入所を希望する人があるという。内坂先生は「病院には死に至る病気の人ばかりがいるわけではないが、病気や死から送られてくるメッセージに心静かに耳を傾けることが大切である」として、

（1）人生をありのままに受け入れる

（2）周囲の人々とのつながりを大事にする

（3）新しい出会いが必ずある

この3点を強調した。そしてご自分の病院が、告知と同意のインフォームド・コンセントの実施に十分留意していることを付け加えられた。

小布施町には江戸時代後期、かの有名な葛飾北斎が2度にわたって訪れ、長期間逗留している。立派な「北斎館」があり、医学ジャーナリスト協会の有志一行はせっかくの機会だからと見学した。小布施町は栗の名産地としても知られている。栗きんとん、栗鹿の子、栗蒸羊羹などの銘菓がある。しかし現在は小布施で採れる栗だけでは到底足りないので、茨城県などから大量に栗を取り寄せているという。これが本当の「やりくり」である。

「肯定開放」

中川米造医師は大阪大学医学部の教授。医学ジャーナリスト協会の例会に、かつて講師として来ていただいたことがある。中川先生は「がんと聞いて何色を連想するか」とフロアーに問いかけられた。赤か黒か、はたまたほかの色か。医学生は赤と答えた者が多く、患者は黒が多かったなどの結果を発表された。私が連想したのは黒だった。今朝がんであることを知ったことが影響したのであろうか、いや健康だったとしても黒を連想したような気がする。

「患《わずら》うという字は、心が上から串刺しにされている。風邪をひいた、おなかが痛いという程度の病気だったら本人も家族もさほど気にしないが、がんだとなったら心の葛藤がくりひろげられる。そして否認、怒り、取り引き、うつ、鎮静の5段階を経ることになる。死が見えればだれだって煩悶する。治る確率が高くても不安がいっぱいに広がる」と中川先生は言われた。

たしかにそのとおりで、最初はまず認めたくない気持ちが強く働く。うそだ、何かの間違いだと否定しにかかる。しかしいくら否認してもがんができていることは紛れもない事実で、これを確認させられると言いようのない怒りがこみあげてくる。なぜ自分なんだ――というわけである。

次の段階の取り引きというのは、不承不承ではあるが何とか自分を納得させようという気持ちが働き、ならばどのように対応すればいいのかといろんな条件をあげて考え始める。良いほうへ明るいほうへと考えるのは人情だが、やはり心情的には落ち込む。これが「うつ」の段階である。

やがてどうあがいてみても始まらないと、一種のあきらめというか、そこまで行けば自然と気分が静まることになる。大方の人がこうした経過をたどることになるが、各段階を通過する時間というか期間は人によってまちまちである。さっと通過する人もあれば、どこかの段階で時間がかかる人もいる。

いずれにしても現実を肯定して前向きに進むしかない。何でがんなんかになったんだと、いたずらに過去を振り返っても良い結果が得られるわけではない。否定するよりも肯定したほうが心がのびやかになり解放される。これを「肯定開放」というのだと、明るく考えたほうが勝ちである。

中川先生は平成11年に逝去された。『「医の知」の対話』（人文書院）という著書が私の本棚にある。お弟子さんである小林廣医師との共著である。平成7年に出版されている。今盛んに言われるようになった「癒し」について独特の見解を述べておられる。

翌24日は土曜日。午前中に朱野医院へと言われていたので早々に行く。朱野医師は、東京医科歯科大学を卒業している。内科・産婦人科が診療科目で患者さんが大勢詰めかけている。大学の先輩が癌研病院の副院長で中島聰總先生だという。そこへ紹介してもらうことになった。

朱野医院は都電の鬼子母神駅の近くにある。都電で大塚駅へ行くこともできるが、ＪＲ目白駅からのほうが通い慣れている。長女と二女が都立文京高校へ通学、どうしたことかＰＴＡなるものの役員を仰せつかり、会長を2期も務めたことから大塚駅はずい分と利用した。それ以前は癌研病院へ取材に行ったり原稿を受け取りに行ったり、入院中の先輩のお見舞に行ったりしていたが、今度は自分が入院する羽目となった。しかし、その前に検査のために何回か通うことになるのであろう。

大塚駅北口から癌研病院までは結構な道程である。途中に空蟬橋がかかっている道がある。信号で横切るその道は、橋まで上り坂となっている。どちらかといえば急なほうの坂である。この先どうなるのか。皆目見当がつかない不安いっぱいのがん患者にとっては「うつせみ」という語感は、一層の寂寥感を伴って心に追ってくる。無事退院できたら橋名の由来を調べてみようと思った。

3　人の世は四苦八苦

　平成6年の9月25日は日曜日で秋のお彼岸の明けの日でもあった。神奈川県平塚市の大松寺に松井家の墓があり、東京・新宿区市谷薬王寺町の長昌寺に三浦家の墓がある。三浦は家人の旧姓で両親が眠っている。家人の父は政教と言い昭和医科大学を出て内科の医師となった。気骨のある人で郷里・秋田で医院を開いている時に保険点数のことで支払い当局と衝突し、陸地に嫌気がさしてシップドクターとなり、一時期乗船・航海していた。

　兄さんが秋田県山本郡八竜町の町長をつとめていて、阿仁町の国保診療所に医師がいないので弟さんを、と頼まれ船から降りて郷里へ戻った。男鹿半島の北浦町にかつての医院（自宅）があり、休日は海に船を出して釣りを楽しんでいた。阿仁町の診療所には近郷近在から患者さんが押しかけていた。リヤカーに乗せられてきたぎっくり腰の患者さんが、帰りには自分で歩いて帰ったということで、名医の名声が高まったという伝説を残している。

昭和55年春、腰痛のため米内沢病院へ入院した。X線撮影の結果、背骨が少し曲がっていることが確認された。腰痛の本当の原因は胆嚢がんであったが（後日判明）、病気の本人がベテランの内科医であり、担当の若い医師は病因をもっと詳しく診察することまで思いが及ばなかったのであろう。しかも背骨が少し曲がっているという事実が見えている。重しをぶら下げて骨を矯正すれば痛みは簡単にとれると思ったのであろう。だが、がんは着実に進行していった。

7月になっても痛みがやわらぐどころか一層ひどくなったので、甥の医師がいる能代病院へ移った。徹底的に調べた結果がんであることが分かったがすでに手遅れであった。8月23日永眠、享年74。この年東北地方は冷夏であった。葬儀・告別式を執り行うため飛んで行った時、「涼しいな」と思ったことを鮮明に覚えている。

家人は一人娘（教子という）で残された母を田舎へ置いておくわけにはいかないと東京へ来てもらうことになった。元看護婦でお手伝いさんをしている女性がついてくることになり、わが家は総勢8人家族となった。私、私の母、家人、3人の子ども、家人の母、お手伝いさん。幸い近くにできたばかりのマンションがあり、3階建てのメゾネット方式（1階、2階使用）となっているので、庭のある一番広いところを購入して移り住むことになった。

次はお墓である。戸山高校時代の先生にお寺の奥様がいらしたことを思い出した。阪柳琴子先生で保健体育担当であった。ご住職でご主人の光春氏も高校の先生であった。市谷薬王寺町の長昌寺に墓地を求めることができ「三浦家之墓」を建てた。宗派は同じ曹洞宗であった。

家人の母（雪代）は平成3年2月、どうも具合が悪いということで文京区目白台の東京大学附属病院（分院）へ診てもらいに行った。すると即入院と言われてしまった。診断は悪性リンパ腫。翌日は楽しみにしていた歌舞伎座行きだったのに断念してもらった。われわれは「退院したらまたいくらでも行けますから」と慰めていた。

初めのうちはすぐにでも退院できるかというくらい元気だったのに病状の悪化は早く、薄紙をはがすようなという表現とはまったく逆の厚紙を重ねていくようなあんばいとなった。3月半ばごろから意識が混濁しはじめ、4月にはほとんど分からなくなり24日永眠した。享年81。

四苦八苦

ふりかえってみると、私の妹といい家人の父といい母といい、その時その時はさほど深刻に受けとめていなかったが、身近にがんで死ぬ人が相次いでいたことになる。かくいう私も立派な（?）がん患者となっている。生きることとは、死ぬこととはを真剣に考える岐路にさしかかっていると実感した。

お釈迦さまは生老病死を四苦と言われた。この苦というのは苦痛という意味ではなく「思いどおりにならないこと」であると教えられた。この世に生を享けて、生きること老いること病にかかること死にいたること、どれひとつとっても自分の思うようにはならない。

第一自分の意志でこの世に生まれてきたのだろうか。この世、現世があるのだからあの世、来世もあるのだろうか。肉体は魂の衣類のようなものだからこの世における仮の姿であり、肉体が滅んでも（死んでも）魂（生命）は永遠であると説かれたが、果たしてそのとおりなのだろうか。「生れ落ちたら死出の旅」という。

しかしほとんどの人が死を意識して毎日の生活を送っているとは思えない。死は常に身近にあるので無意識というか潜在意識的に死の影を感じてはいても、今日も元気であり、明日も当然生きていると思い、ぼんやりとではあるが生命は永遠に続くものと考えているのではないか。何事も始めがあれば終わりがあると分かっていても、自分に終わりがくる（死が訪れる、この世に訣別を告げる）とは思っていないのではないのだろうか。生命とは一体何なのだろうか。「鴻毛《こうもう》より軽い」と言われた時代があり「地球より重い」と言われた時代がある。ひとつしかない、かけがえのないと言われていながら、あまりにもあっけなく失われているのが生命である。「山びこ学校」で広く知られた無着成恭さんがこんな話をしてくれた。

「財布から一万円札を出そうとして落としました。すぐ拾いますね。なぜですか。自分のものだからです。傘をぶらぶら振っていて落としました。これも拾います。自分のものだからです。では生命を落としたら拾えますか。拾えないでしょう。生命は自分のものではないのです」

お釈迦さまは八苦とも言っている。生老病死の四苦のほかにもう4つ苦があるというのだ。それは愛別離苦《あいべつりく》、怨憎会苦《おんぞうえく》、求不得苦《ぐふとくく》、五蘊盛苦《ごおんじょうく》である。

会うが別れの始め、という歌詞がある。作家・井伏鱒二は「さよならだけが人生だ」という名訳を残している。親子兄弟姉妹友人隣人、人生にはいろんな別れがある。死別離別離婚離反、まったく思うようにならない。愛別離苦である。どんなに愛し合っていても必ず別れの時はくる。

相性が悪いというか虫が好かないというか、この世には会いたくないと思う人がいる。2度と顔をみたくないという人もいる。それでも何かの都合で、あるいは仕事上のことで会わなければならない。がまんを強いられるのは辛いことだが……。怨憎会苦である。

欲しいのに手に入らないことがある。手に入らない物もある。求不得苦である。

五蘊とは色受想行識のことである。この5つのことを説明していると長くなってしまうので、要はわれわれの五体に備わった機能が十分に力を発揮することも、また衰えていくことももに思うようにならないというのが五蘊盛苦である。

四苦八苦をそれぞれ掛け算をして、そのふたつの答えを足し算すると百八になる。つまり四苦（4×9）36、八苦（8×9）72、これを足すと百八、つまり百八つの煩悩ということになる。

お釈迦さまの時代に九九があったかどうかわからないが、計算はうまく合っている。これに似た例で「酒は百薬の長」の計算もある。お酒を飲むと泣いたり笑ったり怒ったり、いろんな状態になる。笑い上戸の人はワッハッハッハと豪快に笑うのではっぱ（8×8）64、泣き上戸の人はシクシク（4×9）と泣くので36、これを足すとちょうど百になる。そこで百薬の長というというのである。

まさにわが家は宗教戦争？

平塚の大松寺へ行くには小田急電車を利用する。JRの目白駅から山手線で新宿へ行き乗り換える。始発なので座ることができる。伊勢原まで急行でちょうど1時間。読書するのによい時間なのだが、つい居眠りしてしまうことが多い。駅前から神奈川中央バスの平塚駅行に乗り中原上宿か中原御殿で降りる。この両駅の真ん中あたりに大松寺はある。バスの車窓から大山が見える。そして稀にではあるが富士山が見えることがある。その時は往路復路とも何となく満ち足りた気分になるから不思議である。わが家を出てからお寺へ着くまで片道2時間。ある時、息子がいともあっさりと「もう少し近いところにしようよ」と言った。気持ちは分かるが、ここに墓地を求めた私の母にしてみれば思いは一入《ひとしお》のものがある。

母は若いころ平塚に住んでいた。両親を相次いで喪《うしな》った時に縁あって大松寺さんとつながりを持てた。両親と若くして亡くなった兄と妹の4人を葬り、夫（私の父）の遺骨を富山県の本家のお墓から分骨してきた時に墓石を建て「松井家之墓」としたのである。

大松寺は知恩院が本山の浄土宗である。始祖は法然上人。松井家は浄土真宗で親鸞上人、お西さまと呼んでいる西本願寺である。母はしかしなぜか一代法華を志して「日限りのお祖師さま」を信じることになる。第二次世界大戦の影響をモロに受けた世代のひとりとして、強く生きなければの思いが、激しく生き抜いた日蓮宗の日蓮上人に縋《すが》ることになったのであろう。

家人のほうは曹洞宗で道元禅師である。私は高野山の傳燈大河闍梨・池口恵観法主に懇意にしていただいているので真言宗とのかかわりが深い。空海、弘法大師である。私の誕生日は6月15日、お大師さまと同じである。このことも心情的に影響しているものと思う。

わが家には神棚があり、永川神社の氏子である。台所には荒神さまもお祀りしてある。神道と仏教でこれだけややこしくなっているのに、長女は親に内緒でさっさと洗礼を受けてキリスト教の信者となった。プロテスタントである。

息子は息子でデーモン小暮の聖飢魔《せいきまつ》Ⅱに心酔し、悪魔教を声高に標榜するようになった。まさにわが家は宗教戦争の趣きを呈している。

宗派が違うと唱名も異なる。曹洞宗は「南無釈迦牟尼仏」、浄土宗、浄土真宗は「南無阿弥陀仏」、日蓮宗は「南無妙法蓮華経」、真言宗は「南無大師遍照金剛」である。

狂言の演目のひとつに「宗論《しゅうろん》」というのがある。お念仏を唱える僧とお題目を唱える僧とが道連れとなり、互いに自分の宗旨が有難いと言い争い、その滑稽な言い回しと仕種が観客の笑いを誘う筋立てである。江戸時代の川柳にこんなのがある。

宗論は　いずれが負けても　釈迦の恥じ

まさにこのとおりで、うがち得て妙である。洋の東西を問わず昔から信仰上の争いは絶えたことがない。現在でも地球上のどこかで無益な争いが繰り広げられている。日本では宗教活動が社会問題化している。統一教会、オウム真理教、幸福の科学、ライフスペース、明覚寺、法の華三法行などなど、本来ならば人の心と身体を救うのが宗教のはずなのに、逆に傷つけている。オウム真理教の地下鉄サリン事件では私も危うく難を逃れたひとりである。

平成7年3月20日、朝いつものとおり地下鉄丸の内線に池袋駅から乗り本郷三丁目で降りた。すると救急車やら消防車やらが駈けつけて大変な騒ぎになっている。ヘリコプターの音も聞こえてくる。事務所に行ってテレビをつけると、あちこちの駅で大騒動になっている様子が報じられていた。

昭和19年8月、国民学校2年生だった私は1年生の妹と2人、父親の生家のある富山県の山村に縁故疎開をさせられた。大きな家だった。広い座敷にこれまた大きな仏壇があった。伯母さんが毎朝お灯明をつけてご飯をお供えし「ナマンダブ、ナマンダブ」と念仏を唱えるのを子ども心に不思議な思いで聞いていた。すぐ隣がお寺（妙覚寺）の本堂で遊んでいると村の人が来て「ナンマンダブ」と唱える場合もあった。何年生の時だったかは覚えていないが「朝には紅顔ありて夕には白骨となれる身なり」という言葉を聞いてしっかりと脳裡に刻んでいる。漠然とだが人の生命の儚さを教えこまれたような気がする。

戦死された人の遺骨を村中でお迎えしたこともあって、白い布でくるまれた四角い箱がいまでも目に焼きついているが、死はその時の自分にとってかなりかけはなれたものであった。報恩講（村ではホンコサマと呼んでいた）をはじめお寺へ集まる機会は結構あって、お坊さんがお経のあとにいろんな説教をされたが、ひとつだけはっきりと覚えている話がある。

貧乏な村人がいて、自分の畑では西瓜を作る余裕がない。夏になり子どもに西瓜を食べさせたい一心で盗みに行く。道端に男の子を見張りに立たせて西瓜畑の中へ入って行く。これはと思う西瓜をみつけ両手で蔓《つる》を引きちぎろうとして男の子に声をかけた。

「坊、だれも見とらんまいな……」

「うん、だれも見とられんねど、お月さまが見とられるわ」

男の子を肩車に乗せて家路へ急ぐ村人の手にもちろん西瓜はなかった。

健康だから言えた「おはようございます」

9月26日は大阪の豊中市、翌27日は福岡県の小郡市へ時事通信社の仕事で日帰り出張した。講演である。内外情勢調査会、行財政調査会、外交知識普及会という3つの組織があり各都道府県や市町村に支部がある。月例会を開いて政治、経済、社会その他のテーマで講師を派遣する仕組みとなっている。

私は主に健康問題をテーマに演述する。たとえば「心の健康、身体の健康」「笑いと健康」「ユーモアと人生」など。医療ジャーナリストとして医学・薬学の分野で活躍されてる先生方に取材する機会は多いし、それなりに文献も読んでいる。そのいっぽうで笑文芸の道でも精進しているので、難しい話も面白おかしく脚色することができる。書くことも好きだが話すことも好きとあって、下手の横好きなる評言もあるが、私の場合は好きこそ物の上手なれではないかといささかの自負を持っている。

作家の司馬遼太郎さんの小説は面白くてためになってしかも元気が出る――と言われているが、私の講演もこの3条件を満たすよう心がけている。時事通信社の講師陣は各界を代表する錚々たる人たちである。その中に加えてもらったのは事業本部長だった渡辺博光さんがTBSラジオで私の放送を聞いてくれたからである。いずれ経緯を書く時があると思うが縁あってTBSラジオの早朝番組のパーソナリティを月曜～金曜の毎朝3年間つとめた。エノさんで親しまれていた榎本勝起さんの番組の中に5分間「松ちゃんの健康歳時記」が組み込まれていた。5時半前後に放送されていたのだが渡辺さんは早起きで毎朝聞いていてくれて「よし、この人を講師に頼もう」とアプローチしてきてくれたのである。

平成2年4月から3年3月までは毎週日曜日早朝6時半から15分間「松ちゃんの健康バンザイ」を放送していた。3年4月から6年3月までの3年間「健康歳時記」は続いた。番組の担当者とテーマを選び、私が台本を書いて女性アナウンサーとやりとりをするというコーナーだった。4年間で相手の女性アナウンサーは3人変わった。番組の前か後にCMが入るので正味4分余の内容だったと思うが、それなりに楽しかった。

最初のうちは録音室に2人取り残されると緊張して声も上ずりがちだったが、慣れるにしたがって落ち着いて話せるようになった。

「おはようございます。いつも元気な松ちゃんこと松井寿一です」で毎朝放送は始まるわけだが、この最初の「おはようございます」の声のトーンが一定しない。なかなか難しいものである。仕事でも作品でも舞台でも一所懸命に打ちこんでの仕上がり具合を「完成度が高い、低い」と表現するが、私も短い時間の番組だったが高くなるように心がけた。そのうちに完成度の上をいくのが「熟成度」ではないのかと考え、さらにその上をいくのが「完熟度」だろうと考えた。

能、狂言をはじめとする古典芸能、あるいは書や絵画などの芸術作品、あるいは体操、柔道、大相撲などのスポーツ全般にわたっても、こうした基準をあてはめて考えることができるのではないだろうか。

気づかなかった「寅さん」のがん闘病

平成6年3月で番組が終わったのはまことに残念だったが、それも天の意志であったのだろう。もし番組が続いていたら大きな穴をあけることになったからである。健康についていろいろと話しているパーソナリティの当人が胃がんになって、まるまる1カ月間（実質20日間）の入院である。術後も声に張りがなく、力がないのが自分でも分かるくらいだから、電波に乗ったらリスナーにきっと「どうしたんだろう」と思われたにちがいない。

それに1カ月以上にもわたっての録音のストックが可能だったかどうか、おそらく無理だったろうと思われる。いまなら「一病息災」を栖に健康あれこれを話せるかもしれないが、当時はやはり健康でなければと思っていたから、番組を前にかなり考えこんで、そして多分落ち込んでいたのではないだろうか。

松竹映画「男はつらいよ」の寅さんに扮している渥美清さんが「がん」と闘っていたなどということはファンクラブの誰ひとりとして気がついていなかった。第46作、第47作ととにかく声に力がなかった。いまにして思えば術後だったわけだが、当時はただどうしたんだろうと歯痒い思いにかられていた。めずらしく久しぶりに出演したタイヤのCMでも声に力が入っていなかった。「渥美さんどうしちゃったのかなあ」というのが当時の会員の合言葉になっていた。

9月28日の夜「笑顔サロン」の集りがあり、雨の中を私は新宿のテイケイ（株）の会議室へ行った。笑いについて寅さんについて話すことになっていた。そこで新潟県堀之内町の針倉山永林寺の佐藤憲雄師と出会った。9月30日は京都で池口恵観法主と会うことができた。前日に松竹シネクラブ・寅さんファンクラブの一行で京都国際映画祭に参加するツアーで入京していたからである。一行は完成したばかりの関西国際空港から入ったのだが、私はがん研病院の診察があり午後新幹線で入京した。

4　ステージⅢ、5年生存率3割

この世に生を享け、確実に年を重ねて老いの坂へさしかかり、がんという病を得て死が近づいてきたと思うせいか、お寺さんやお坊さんと縁が結ばれることが多くなってきた。不思議な因縁といえる。もっとも父方の祖母はお寺の娘だというし、従姉妹のひとりはお寺へ嫁いでいる。

父がよく話してくれた話のひとつは、東京へ奉公に出ると決まった時、祖母（父の母）が言った言葉である。

「悪いことは決してしてはいけない。もしお前が悪いことをしたら私の首が飛んでいってお前ののど首に噛みついてやる」

子ども心にそんなことはあり得ないと思っても、母親の真剣な口調とまなざしに気圧《けお》されて、心底こわいと思ったという。親という字は木の上に立って見ると書くが、子どものことを思う親心はそうしたもので「お前がどこへ行っても親にはちゃんと見えているんだ」と父もよく私に言ったものである。

永林寺さんのこと

9月28日夜、宇崎恵美子さんが主宰している「笑顔サロン」に講師として参加。会場は新宿の花園神社の近くにある帝国警備保障（株）〈現テイケイ（株）〉の会議室。雨にもかかわらず、30名余の会員が参集し、映画「男はつらいよ」の寅さんの話やら笑いと健康についての話を熱心に聴いてくれた。

そこで新潟の堀之内町にある針倉山永林寺のご住職・佐藤憲雄師と出会った。2人とも笑文芸の作家集団「有遊会」の会員である。例会では会ったことがなかったが、以来、今日まで新潟で、東京でたびたびお会いするようになる。有遊会では会員の自己紹介を「笑笑ごめんなさい」という本にまとめて刊行している。笑文芸国紳士録である。佐藤憲雄師を私は「永林寺さん」と呼ばせていただいているが、その自己紹介を抜き書きしてみよう。題して「『皆の宗』の寺」〈針倉山永林寺は明応5年（1496年）の創建と伝えられるので、500年の歴史を積み重ねてきたことになる。宗派は曹洞宗で私は25代目にあたる。作州津山藩祖「松平忠直公」、越後高田藩主「松平光長公」の香華所であり、幕末の名匠・石川雲蝶の彫刻が数多くある。最近では観光客（県外7割、県内3割）が、結構この越後の山里を訪れてくれるようになった。

私が駒沢大学に入学したころは、まったくの貧乏寺で、何とかお金をつくらねばと思い、会社を興し事業を始めた。当時の建設業界では最先端の技術といわれたウエルポイント工法を用いて建物の土台づくりをする会社であった。お蔭さまで仕事は順調に入り、昼間部と夜間部の学生をうまく社員として使い分け、業績を伸ばして30人余の会社となった。しかし、好事魔多しのたとえどおり昭和41年に私は大怪我をし、翌42年に父が死去して永林寺の住職の仕事も兼ねることになった。

先代も貧乏を何とかしようと知恵をめぐらせ、お寺を学生の研鑽・研修の場としての宿坊にしてはと考えた。昭和31年に日本育英会の指定宿舎第1号に指定され積極的に各大学へのPR活動を行なった。年を遂《お》うごとに学生の数は増え、ひと晩に150人も泊まるようになったが、1泊2食付きで250円という超格安料金であったため、「疲労は残るが金は残らず」の状態がずーっと続いた。

しかし、そのころ永林寺で青春のひとときを過ごした人たちが、いまは各界層で活躍しており、指導的立場に立っている人も多くいる。そこで「友の会」を組織することにした。泊まったことのある人は誰もが会員ということで、その数は何と2万人に達している。毎年9月上旬の週末に例会を開き、全国から100人ほどの会員が集まり寺での催しや、近くの温泉での大宴会と1泊2日の集いを楽しんでいる。

人間ひとりの力はまことに微々たるものである。会社を興し人を使ったといっても自分ひとりではできないから、いろんな仕事を他人様にお願いしたわけで、使う側の気持ち、使われる側の気持ちをよく理解できるようになった。若い時に、社会の荒波に揉まれたことは永林寺へ戻って大いに役に立った。

昔は寺の住職というのは大変な知識人で、近郷近在の人たちからいろんな相談を持ち込まれ、それぞれに適切な答えを出したり、指導をしたりして信頼されていた。いまは一般の人のほうが知識も人生経験も豊富で、社会の波に洗われているし人の痛みも分かっている。寺の中にいるだけでは適切な答えが出せる時代ではなくなったと思っている。

昭和58年に脳血栓で倒れ、1年間の療養生活を送り、その間にいろんなことを考えた。いまの日本人には宗教心が失われている。それをどうやって取り戻せばいいのか。寺でじっと待っているだけではだめだ。積極的に呼び寄せる方法を考えようと思った。幸い幕末の左甚五郎と言われた石川雲蝶の彫刻がある。13年余りの歳月を永林寺で過ごし、全身全霊を込めて彫り上げた彫工、絵画が100余点も残されている。さらに欄間《らんま》の彫刻は、いくら見ていても飽きない見事な出来栄えである。

しかし観光寺院として広く知られても、一度来ただけでもう来ないというのではいずれ先が見えてくる。そうではなく、何度でも足を運びたくなるようなお寺にするにはどうしたらよいかを考えた。その答えはただひとつ、参詣者との絆を強くすればよい。

まず仏教の各宗派はいうにおよばず、キリスト教でもイスラム教でも、はたまたヒンズー教でもユダヤ教でも何でもござれの宗派「皆の宗」を標榜することにした。「臨機応変個性派大本山・永林寺」で、宗憲は「無事是貴人、生涯是感動、無事是吉祥、生涯是修行」とした。

私も有遊会の会員として遊び心の大切さをよく知っている。世の中の人間関係の潤滑油としてユーモア、ジョークがいかに大事であるかを檀家の皆さんはもとより、友の会会員、参詣に訪れるすべての人たちに分かってもらいたいと考えている。そこで五百羅漢さんの奉納をすすめることにした。1体3万円の羅漢像を奉納してもらうことにより、奉納者はみんな皆の宗の末寺になれるという仕組みである。奉納した人の名前を山号、苗字を寺号としてひとり一ヵ寺とする。

月に1体のペースですすめているので500体になるまで40年はかかる。私はとてもそれまで生きてはいられないから、次世代への申し送り事項となる。法話を活字にして参詣にきた人たちに差し上げていたが、不思議なもので無料だと有難く思ってくれない。お寺の中のあちこちに置いていってしまう。そこで、たとえわずかな金額でも有料にして次々と新しいものを作るように心がけた。

合歓待蔵阿保陀羅経、家庭円満阿保陀羅経、御利益衆生阿保陀羅経をはじめ、たぬき八相、お賓頭盧《びんずる》さまのお話などから「子供を悪く育てたい14ヵ条」など遊び心満点の法話、説法集が冊子となっている。お土産用に「雲蝶豆」や「中興あられ」があるのは地場産業との共存共栄を願ってのことである。それぞれに法話入り由来記が添付されている。

最近は「福徳一語一会」や「福徳越後一会」、さらには石田豪澄老師の筆による「だるま百八体」と「観音百八体」も上梓されている。

自営業の方には「一斗二升五合」と揮毫する。1斗は五升の倍、二升はますます、五合は1升の半分だから半升、つまり「ご商売ますます繁盛」の意味である。永林寺の電話は3本。ホウ（法話）レン（連絡）ソウ（相談）を大切にの意味である。世の中は明るいほうがいい。老人会は朗人会に、ご高齢はご好齢に、忘年会は望年会に、宴会は縁会に、医者は慰者にと言い換えれば印象がぐーんと明るくなってくる〉

永林寺さんは本当にユニークなお坊さんである。経典から学ばれた広く深い学識に立って時代を現代を鋭く見つめている。実社会の荒波をくぐり大病を経験し、甘口辛口両様のユーモアを駆使する。アイデアマンであり、暖かい人柄がいろんな人を惹きつける。言葉遊びもたくみで「和尚さんのひとりごと」としていろいろと書きつけている。あなたのお庭に「金の成る木」が何本ありますか。しょうじき、げんき、りちぎ、はやおき、こんき、やるき、ゆうき――は金の成る木です。絶対に植えてはならない3本の木があります。それは病気、浮気、短気です。

世の中は　澄むと濁るの　違いにて　刷毛に毛があり　禿に毛がなし――という狂歌がある。永林寺さんがある日「口が濁れば愚痴となり、意志が濁れば意地となり、徳が濁れば毒になる」と教えてくれた。私も何かないかと考えていくつか思いついた。「かんが濁るとがんになり、ハカが濁るとバカになり、存在が濁るとぞんざいになり、本能が濁ると煩悩になり、和尚が濁れば往生だ」

不安の中での検査

9月29日、早朝8時に癌研究附属病院へ行った。血液採取、X線撮影（胸部と腹部）、超音波検査などをひと通り終える。それにしても、じつにたくさんの人が病院に来ている。各診療科の前の椅子はびっしり満員だし、検査の順番を待っている人も多い。顔色のいい人悪い人、点滴液を吊るしたバーをがらがら押して来る入院中の患者さんもいる。近い将来自分もあの状態になるんだなあとボンヤリ考えたりした。

10月6日朝食抜きで病院へ行く。管を入れての胃内部撮影。造影剤も管から入れる。水での洗浄も行う。すべて初めての経験で何回も「オエーッ」となる。適切な診断と処置のためには、必要な検査なのであろう。苦しくても辛くても耐えなければならない。

11日に昼食抜きでCT検査が行われた。17日には胃ビデオEスコープで胃内部の組織を4カ所採られた。当然出血しているのでしばらくの間、飲食はダメ。20日は腹部の超音波検査。ぬるぬるとしたゼリー状のものを塗られての検査であった。胃エコーFスコープも行われた。

以上の検査結果を基に面談となった。28日である。金沢大学医学部を卒業し国立がんセンターに勤め、癌研究会附属病院へ移ってきた消化器外科の大山繁和医師が主治医で、ご対面となった。新進気鋭の年齢だが穏和な顔立ちの先生で、まずは安心した。各種検査の結果、立派な(?)がんであることが告げられた。胃がん、幽門部にできた悪性腫瘍である。ステージⅢで5年生存率は3割。統計上は10人のうち7人は5年以内に死ぬことになっている。

11月19日入院、さらなる検査と心身の状態を整えて12月5日に手術と日程がきまった。

このころは自覚症状がはっきりと出ていた。胃が動くのである。たぶん患部なのであろうが、うねるような感じがする。四六時中ではないが、胃の中の蠕動《ぜんどう》運動が起こり、夜中に目が醒めることもあった。

健全な胃や腸だったら、食物が入って消化する時に蠕動運動をかなりの時間続けるわけだが、とくにその動きを意識することはない。しかし夜中という空腹時にもかかわらずがん細胞が繁殖していると思われるあたりが、しきりにうごめくのがはっきりと自覚できる。女性が胎児の動きを感じとれるのと同じ感覚なのかも知れない。赤ちゃんを身ごもった女性は、幸せな気分につつまれるのだろうが、がん細胞に居座られた男性は限りなく不幸せな気分におおわれる。(分かったよ。分かったからそんなに動かないでくれよ)の心境である。暗い天井を見上げながらそう呼びかけても、がん細胞は一向に聞き分けてくれない。気のすむまで(?)うごめき続けるのが常であった。

そんな時は、この先一体どうなるのか、胃を切除したあとに一体どんな生活が待っているのか——という不安が黒雲のように胸いっぱいに広がっていった。家人のたてる規則正しい寝息が隣から聞こえてきて、いくらかの安らぎをおぼえさせてくれたが……。

池口恵観法主との出会い

9月29日午前の検査を終えた私は、午後家人と新幹線で京都へ向かった。松竹シネクラブと寅さんファンクラブ一行の一員として京都国際映画祭に参加するためである。一行は朝早くできたばかりの関西国際空港を見学するため羽田を飛び立っている。私たちもその中に入っていたのだが、検診のため外れて夕刻からの参加となった。折悪しく台風6号が関西地区を直撃して一行は散々な思いをして全日空ホテルへたどりついた。予定していた見学コースを暴風雨のため割愛してきたわけである。私が飛行機をキャンセルして新幹線で来た本当の理由を知らない面々は、口々に「先見の明がある」と言ってくれたが、どのように答えていいものか返事に窮した。

平成元年6月「男はつらいよ」ウィーンロケツアーに参加した関西地区の人たちとも久しぶりに会うことができた。メインゲストに女優の風吹ジュンさんが来てくれた。雑誌『花も嵐も』の寅さん対談でお会いしているので、知ってる人がいたと喜んでくれた。今日は強風が吹いてすごかったという話題にすぐになったが、「風吹《ふぶき》さんが来たからではないですよね」と言って爆笑となった。もっとも京都に吹いている風は、毎日「京風」と言うのでは、という洒落もとびだした。

翌30日は台風一過の上天気となった。一行はバスでまず太秦の撮影所へ向かった。テレビのお正月番組「太閤記」の撮影が行われていた。主役の藤吉郎（後の秀吉）に中村勘九郎さんが扮していた。別のスタジオでは映画の撮影も行われていて、1時間ほど見学したあと女優の池上季実子さんらと記念写真を撮り、バスに乗って嵐山へと向かった。ここで昼食をとってから私と家内は一行と別れ京都グランドホテルへ行った。池口恵観法主が滞在されていて会ってくださるというからである。

平成11年秋、池口恵観法主はたびたびマスコミを賑わせた。読売巨人軍の清原和博選手が鹿児島・最福寺の恵観法主のもとで護摩壇に上がり修行したこと、作家の家田荘子さんが同寺で得度したこと、京都の仏師・松本明慶さんが10年の歳月をかけて造った木像の大弁財天（18・5メートル）が安置されたこと、山口大学医学部で博士号を取得したことなどが次から次へと報じられ、ある週刊誌などは恵観法主のことを「怪僧」と表現するほどであった。私が、恵観法主と初めてお会いしたのは昭和の終わりごろであったろうか。

「かっぱ村」の縁で作家の大野芳氏の紹介だった。鹿児島の英雄・西郷さんを彷彿とさせる偉丈夫で、すごいお坊さんだと思ったのが第一印象である。５００年も続いている行者の家の生まれである。幼少のころから厳しい修行を積み重ねてきて高野山大学に学んだ。百万枚護摩行を達成しているが、これは日本でただひとり、ということは世界でもただひとりということになる。

俳優の丹波哲郎さんが最初に会ったとき、開口一番「池口先生は弘法大師の生まれかわりですね」と言った。丹波さんの知り合いでお大師さまを念写した人がいて、そこに描かれたお大師さまの顔がそっくりだというのである。

「あたりを払う」という表現があるが、とにかくどっしりとした風格がある。眼力が備わっているというか心眼が開いているというか、しかも法力も身についているので、心の悩みや身体の痛み（傷み）を癒すことができる。これまでにも加持祈禱で数多くの人たちを助けてきている。医師ではないから病気を治すとは言えないが、お加持で結果よくなったという人は多い。私も身近に何人もの人を知っている。不思議である。

お加持を受ける

恵観法主は「胃がん」と言われたと伝えた私の背後に回りさっそくお加持を始めてくれた。数珠と五鈷《ごこ》を持ち、お経を唱えながら背中をくまなく手でさすってくれる。法主には体内の悪い部分が見えるという。私の場合も胃の上部に1カ所、下部にかなりの部分悪くなっているところがあると言われた。あたかもレントゲンをみているように言いあてられた。今夜はここへ泊まって明日もう1度お加持しましょうと言われ、私は素直にしたがうことにした。「これは消えますよ、よくなりますよ」の言葉にどれだけ力づけられ勇気づけられたことか……。家人を京都駅まで送りホテルへ引き返した。大勢の人が恵観法主を訪ねてきており、すべて終わったのは午後8時を過ぎていた。翌日午前にお加持してもらって帰京した。

手術を決断

癌研病院で最初に撮ったレントゲン写真には胃の上部のカゲがはっきりと写っている。手術前の写真ではそれが消えているので、下部3分の2切除の方針が決まったのだろうと私は推測している。

もし上部にも悪性腫瘍があったとしたら胃は全摘されていて、いまの私はなかったのではないか。なぜ上部のカゲは消えたのか。恵観法主のお加持のおかげだったのではないか。

人間の身体には「気」が流れている。それを手術や事故（怪我）で身体のどこかを切るということは、その「気」も断ち切ることになり、心身によい影響を与えなくなる。なるべく手術はしないほうがよいとする説がある。丹波哲郎さんはしきりとそれを主張する。現に患部を切らないで治った人が何人もいるという。私はその人たちの存在を確かめたわけではないが、切らないですむならそうしたいとの思いはあった。

10月28日に大山医師と話し合った時も、手術をしないで治る方法があれば、そちらをとりたいと言った。大山先生はまじまじと私の顔を見ながら「あなたは医療ジャーナリストでしょう！」と言った。胃がんの第3期を切除以外で治す方法があると本当に思っているんですか——という思いが言外に込められている。

このひと言で私は手術を受けることを決断したのだが、このあと別の病院でも受診し、セカンドオピニオン、さらにはサードオピニオンまで求めることになった。

5　入院前のひと仕事

早稲田大学を卒業して豊島区に住んでいるか、勤めているかの校友でつくった豊島稲門会という組織がある。副会長の栗原正平先輩が10月21日入院中の癌研附属病院で死亡した。悪性リンパ腫で享年66。1カ月ほど前お見舞いに病室を訪れた時はまだお元気だった。冗談めかして「私もここへ入ってきますから」というセリフが喉まで出かかったが、ぐっと飲み込んだことが昨日のことように思い出される。

栗原先輩は豊島稲門会発足に多大の尽力をされた生みの親のひとりである。薬の副作用で髪の毛が抜けるので、いっそのこと剃ってしまえと丸坊主になり「いやあ涼しいよ」と右手で撫でていらした姿が懐かしく思い出される。

22日早大校友会の集まりに出て一旦家へ寄り、お通夜に出かけたが、悪いことは重なるものである。寅さんファンクラブの事務局長・清水雅夫さんの訃報が入っていた。23日通夜、24日

告別式が浦和の蓮昌寺で執り行われるという。肝臓がんで享年68。

お二人とも平均余命まで10年もある。清水さんは永年法曹界で仕事をされてきた。映画・演劇が好きで東京を離れたくないを理由に転勤を拒んだため、出世街道とは無縁のところで生きてきた人である。それもそのはず若いころは「はなぶさ・こうじ」の芸名で浅草の舞台に立ったことがある。寅さんファンクラブの大宮支部の会長だったが、当時の松竹の奥山融社長に見込まれて事務局長に就任した。上野で生まれて浅草で演劇人としてのスタートを切った渥美清さんとはウマがあって、山田洋次監督らスタッフの信頼も厚くなり、清水事務局長はファンクラブのために文字通り奮闘努力を積み重ねてくれた。

「寅さんファンクラブ」事務局長の死

寅さんファンクラブはどのようにして生まれたか。「男はつらいよ」の第1作は昭和44年8月27日に封切られている。空前の大ヒットとなり、すぐに続編がつくられ続けて昭和57年には第30作となり、ギネスブックにも載るところとなった。

ちょうどそんなころ「いつまで続くんですか」と聞いていた芸能記者の口から「いつ終わるんですか」と言われた山田監督はハッとなり「そろそろ終わりにする時期なのか」と思った。このことを奥山社長に伝えると、今度は奥山社長が驚いて考え込んでしまった。観客減が続き斜陽になりつつある映画界にあって、寅さん映画は着実に観客を動員している。松竹にとってドル箱的存在の映画である。その製作が行われなくなったら収益減を招くことは必至である。期待して封切ってもお客さんが見にきてくれなかったら1週間も経たないうちにその映画の上映をうち切り、ほかの映画にさしかえることだってある。

そんななかにあって、寅さんの映画は盆と正月の8週間前後は安心して上映していることができる。奥山社長はいつも「この映画は当たるかな、当たらないかな」と気をもみながら推移を見守っているのだが、「男はつらいよ」上映期間中だけは「男はつらくない」心境でいられるのだと笑いながら話してくれたことがある。山田監督に今後も寅さん映画を撮り続けてもらうためにはどうしたらいいか。いろいろと考えをめぐらせているうちに思いついたのが、ファンの後押しということだった。

テレビドラマで死んだ寅さんを、山田監督をしてスクリーンに生き返らせたのは全国の寅さんファンではなかったか。そうだ寅さんのファンクラブを組織しよう、そして山田監督の映画製作を後押ししてもらおうということになった。昭和57年、沢田研二さんと田中裕子さんが出演した第30作「花も嵐も寅次郎」の時であった。

山田監督の後援会でもなければ渥美さんの後援会でもない。映画の主人公・車寅次郎のファンクラブという前代未聞の奇抜なアイデアのもとに、この会は生み出された。さっそく会員の募集が始まった。各映画館ごとに申込書が置かれ、所定の事項を書き込みさえすれば、誰でも会員になれる仕組みであった。小学生からかなりご高齢の人まで多くの申し込みがあり、会員数はあっという間に7万人を超えた。

全国の映画館ごとに会長が選ばれ、その会長会が東京紀尾井町のホテルニューオータニで開かれた。私は縁あって銀座松竹の会長に推されていて、会長会で閉会の辞を述べた。「みなさん日本の男性のなかで一番の美男子は寅さんです」と言うと、会場からは「それは嘘だ」「あの顔じゃ無理だ」の反論の声があがった。そこで私はおもむろに自分の顔を指しながら「だって男は面《つら》いいよって言うじゃないですか」と言った。全国から250人もの会長さんが参集しての会合で大いに盛りあがり、経栄山題経寺（柴又の帝釈天）の御前様である望月良晃さんを会長に選び、松竹の本社は銀座にあるのだからと私が副会長に選ばれた。幾多の行事が行われていくなかで、望月さんは何かとご多用であり、出席常ならずとなり、会長代行を務めるようになり、ついにいっそのこと会長をやってほしいということで今日にいたっている。

当初はすべての費用を松竹が負担していた。しかし、せっかくつくって発送した会報がかなりの部数戻ってきたりと無駄があるため、ファンクラブを再構築することになった。年会費2千円（現在3千円）を徴収、会員証の作成、会報の発行、諸行事の企画・実施・案作成などを決め、有楽町のマリオン8階に事務所を開設する運びとなった。昭和61年のことである。

それまでは松竹の社員の人が片手間で事務局長を務めていたが、清水雅夫さんが専任の事務局長となり、女子事務員も配属されて全国のファンクラブ会員は、このマリオンの事務所を訪ねるのが大きな楽しみのひとつとなった。最盛期の会員数は6千人を超えた。

清水さんのお通夜に出席した私は、明日の告別式で弔辞を読んでほしいと松竹の人から頼まれた。山田監督はじめスタッフのみなさん、渥美さんはじめ出演者の主だった人はロケ地へ行って留守である。たくさんの花輪が供えられているが、贈り主のほとんどは仕事で遠い旅の空の下である。「男はつらいよ」の第47作は「拝啓車寅次郎様」の副題がついて、マドンナにかたせ梨乃さんを迎え琵琶湖畔でのロケが行われている最中であった。

初夏のころ清水さんは、このロケ地を訪れている。山田監督、渥美さんらとともに、高松へ金比羅歌舞伎を見物に行った帰りに立ち寄ったのである。その時の様子をじつに嬉しそうに私に話してくれたことがある。24日の告別式にはご親族はもとより松竹の方々、ファンクラブの面々が多数参列した。

弔辞のなかで私がとくに強調したのは第41作の「寅次郎心の旅路」でウィーンロケ応援ツアーで行った時のことである。最後に泊まったホテルへもう一度来ようと約束していた。地下のバーで大いに飲んで語って「もう10時だ。明日は早いからもう寝よう」と階段をあがってきたら、外は白夜でまだ明るかった。「よしもう一度飲みなおそう」と言った私に清水さんは「何年か後にもう一度ここへ来て飲もうよ」と言ったのである。

トリプル・オピニオン？ も「胃切除」

入院してしまったら、そして退院しても当分できそうもない仕事は前倒しでこなしておかなければならない。雑誌『花も嵐も』の連載・寅さん対談はそんな仕事のなかのひとつである。10月26日午後、作曲家であり指揮者としても有名な山本直純さんを世田谷の奥沢へお訪ねした。ご自宅近くの喫茶店で小1時間お話を聞いたが、直純さんも言葉遊びの好きな方である。

男はつらいよの世界は下町だが私は山の手生まれなので、「山の手直純です」と言う。「男はつらいよ」の主題歌の作詞は星野哲郎さんで作曲が直純さんなのだが、スタジオで詞がくるのを待っていたのに一向にこない。そこで「どうせ私はしがない作曲家です」という具合である。

後日このことを星野さんに確認したら、「作詞はさきにできていましたよ」とのことであった。11月11日は大船撮影所で牧瀬里穂さんと対談した。満男くん（寅さんの甥、吉岡秀隆くんが扮している）の恋人役で第47作に出演している。

10月下旬はプロ野球の日本シリーズが巨人と西武で争われていた。4勝2敗で勝つと言った長島茂雄監督の予言どおり、巨人が優勝、日本一の栄冠に輝いた。巨人ファンのひとりとして大変に嬉しかった。よく巨人、大鵬、卵焼きと揶揄する言葉が使われるが、東京生まれの私はそんな時代のはるか昔からのジャイアンツファンなのである。

12日は医学ジャーナリスト協会の一行20名余で群馬県太田市の三枚橋病院を訪れた。ここは開放型の精神病院で、よほど重症の分裂病の患者さんでないかぎり、鍵をかけての隔離をしていないところである。医師や看護婦さんら医療担当者が白衣を着ていない。ジーパンにジャンパーといった普通の身なりである。白衣症候群という言葉があるように白衣姿は何がしか緊張を強めることになる。それを避けての処置である。1日も早く社会復帰できるようにと、地域の人たちの協力を得てさまざまな実験的手法が試みられている。たとえば、病院にいつまでもいるのではなく、街なかのアパートを借りて2人か3人で共同生活をさせてみるなどである。

11月15日、鹿児島市の南風病院へ行った。池口恵観法主の同級生・酒匂寛子さんが総婦長を務めている病院で、院長の西俣寛人先生が消化器の専門医であり、直々に診てくださるというのである。セカンド・オピニオンをもらいに行ったわけである。恵観法主は私にお加持をしてくれながら医学的な方途もつけてくださった。内視鏡その他で仔細に診てから下された結論は、癌研附属病院と同じ「胃切除」。

たまたま最福寺へ来合わせていた山口大学医学部の荻野影規医師が西俣院長と意見を交換して、やはり「胃切除でしょう」と私に告げてくれた。癌研の大山医師に言われた時にほぼ覚悟は決めていたとはいうものの、まだ若干の逃げ道を考えていた。しかし西俣先生、荻野先生と3人の医師の意見が同じとなっては100%手術を受ける覚悟が必要となった。

溺れる者は藁をもつかむ、という喩えがある。がんと分かって手術をするとなって、なおかつ他の方法はないものかと考えるものである。決して逃げる気持ちではないのだが、切らずにすむ方法があればと考えてしまう。五十嵐民斗里さんに出会ったのはちょうどそんなころであった。

くわしいことは話されなかったが、すでに何回かがんで入院され手術もされている。病院についても食べ物や薬草についてもがん患者というのは、じつにこまめに情報を集め伝達し合うものだ、と話してくれた。やや大判の手帳にびっしりと書かれている。

西洋医学だけではなく、鍼や灸や気功や温熱療法、手かざし治療までどこにどういう先生がいて、誰それさんが、これこれしかじかの治療法でよくなった、なになにを飲んだらよくなったなどなどの話が際限なく続いた。東横線の武蔵小杉の近くのホテルの喫茶室でうかがったわけだが、一冊の本ができるほどの情報量であった。私はいっそのこと上手にまとめて出版したらどうですかとすすめてみた。何回かいただいた手紙の文面は簡にして要を得た達意の文章である。自分のことだけならいいが、大勢の人のことを書くようになるのでと躊躇されるので、筆者を男性のペンネームにしたらと提案した。

東に名医ありと聞けば一目散に駆けつけ、西にがんを病んだ人が出たと知れば、こわがらなくてもいいと励ましに行き、南に薬草が見つかったと聞けば、飛んでいって摘みとり、北に治った人がいると聞けば、その方法をたずねに行く、これが私を含めてがん患者の心理であり行動形態であるならば、まさにさすらっているわけで、書名は次のようにしようと意見が一致した。「さすらいのガンマン」

人間、自分を客観視できればそこに余裕が生まれ笑いが湧いてくる。五十嵐さんと私は声をあげて笑ったが、この本は日の目を見ることはなかった。ほどなく五十嵐民斗里さんが亡くなられてしまったからである。

私が入院、手術、予後と時間を過ごしている時に五十嵐さんも入院され、間もなく退院する予定というハガキをもらっていくらも経たないうちに、ご家族から訃報がもたらされた。あのやや大判の手帳をみせてほしいと言っていくだけの元気が、その時のわたしにはなかった。もし行けたとしてもご家族の方がそれを許してくれたかどうかわからない。「さすらいのガンマン」は幻の名著となってしまった。

癌研附属病院へ入院

11月19日朝9時、癌研附属病院へ。入院手続きをすませ即入院。3階の角の部屋で個室にしてもらった。部屋へ入っての第一印象は「狭い」であった。ベッドは列車の三段式ベッドをやや広くした程度。トイレに戸はついているが、洗面台は部屋の中央、ベッド脇にむきだしである。物入れは一応置いてある。あとは小さいテレビに椅子2脚。これで部屋料差額が1日3万円。正直言って高い。ぜいたくだといわれれば返す言葉もないが、4人部屋、6人部屋はどうしても入りたくなかった。

この世に生をうけて50余年、これといった病気をすることなく、したがって入院することもなく過ごしてきた。ここらでひと休みしなさいと神様が下さった病気（それにしてはちと重すぎるのではないか）なのだから、経済的には大変だが私のわがままを許してほしいと家人に頼んだ。すると以外にもあっさりとOKしてくれた。胃がんになるなどとは夢にも思っていなかった1年ほど前、知人にすすめられて入っていた保険が役に立ちそうだというのである。入院費の差額くらいは出そうだということで、これはまことにラッキーであった。つくづく人間万事塞翁が馬であると思った。禍福はまさにあざなえる縄のごとしなのだ。

備えつけのパジャマに着替えて横になり、まず体温を測る。35・8度、低い。19日は第3土曜日にあたっていて、この日は毎月西満正名誉院長の回診日なのだという。数名の医師、看護婦を帯同して病室へ入ってこられた。

西先生は鹿児島の出身で20年近く鹿児島大学医学部の教授をつとめていたことがある。私は恵観法主とは昵懇の間柄である。恵観法主から西先生がいらっしゃるはずだとお名前をうかがっていた。がんについてや生と死についての著書を多く出しておられる。その西先生に入院早々お目にかかれるとは、これまたラッキーなことであった。

恵観法主に「私が治す。手術をうけなくてもいい」と言われた旨を伝えると、西先生は思わず破顔されて「池口さんが非凡な力をもっていることは私もよく知っている。しかし餅は餅屋、この病気はわたしどもにまかせなさい」と言われた。そして内視鏡で撮った写真を数枚見ながら、「うむ、軽いから大丈夫、大丈夫」と言い置いて出て行かれた。

西先生は歌人としても知られている。

癌は死の　宣告ならず　過半数は　治る時代ぞ　努力次第で
人間も　自然の中の　ひとかけら　世にふたつなき　ひとかけらなり
智もわざも　正しくなければ　こわきこと　いのちあずかる　しごとなりせば
手術せず　治せる方法　なきものか　外科なればこそ　願い続けり

昼食となった。ベッドの上で食べる最初の食事である。テレビの正午のニュースを見ながら、何となく気持ちはくつろいでいる。焼き魚とじゃが芋と人参の煮物、味噌汁には大根が入っている。ご飯が少々。圧倒的に量が少ない。これなら誰でもたやすくダイエットができそうである。味は悪くなかった。

こんな話がある。食べざかりの中学生の男の子が入院した。最初の夕食が出た。あっという間に平らげてしまった。母親が台所へ食器を下げに行ってる時に看護婦さんが見回りにきた。病室をのぞき「お変わりありませんか？」と声をかけた。するとその中学生、目を輝かせながら大きな声で「おかわりしてもいいんですか!!」

読もうと思った本を20冊ほどと、原稿を書くのに必要な材料・資料をかなり持ち込んだ。原稿はそれなりに書き進めることができたが、なぜか本は1冊も読めなかった。いや読まなかったというほうが当たっている。後になって考えてもよく分からないのだが、読む意欲というか気力が湧いてこなかった。これはと思うテレビ番組を見ているほうが楽だった。術前は忙しさにかまけて（とにかく仕事でよく外出した）、術後は体力が回復していなかったからであろう。

午後、外出許可をもらって、本郷の事務所へ行った。机の上や周りを片づけて、誰彼にしばらく東京を離れるからと電話を入れた。とにかく胃がんの手術のために入院するなどということを知られたくなかった。夕方病院へ帰る。大相撲の九州場所14日目、貴乃花の優勝が決まった。あす横綱曙との対戦に勝てば二場所連続の全勝優勝となり、晴れて横綱への昇進が決まる。九州場所後に横綱へ昇進した力士は、これまでひとりもいなかったそうで、そのジンクスが破られることになる。

そういえば長島茂雄巨人軍監督も、立教大学出身監督の優勝なしのジンクスを破っている。横綱をはじめ幕内力士は全員全勝優勝をしたいと願っている。そこで自分の力だけでは心もとないので、神仏の加護を頼むことになる。しかし神社仏閣へお参りしたとたん全勝優勝は消えてしまう。なぜなら参拝(3敗)だから。

小錦が入幕二場所目、前頭上位で2横綱1大関を倒しあわや優勝かと騒がれた時があった。千秋楽に琴風に負けて偉業は達成されなかったが、すぐ大関、横綱になれるだろうととりざたされた。しかし大相撲は国技で天皇賜杯が出ている。外国人を横綱にするとはもってのほかという反対意見に、強い者が横綱になるんだから誰がなったっていいという賛成意見が出され侃々諤々《かんかんがくがく》。この論争に終止符を打ったのが小島貞二先生。「日本だアメリカだと言うな。相撲は昔から両国でとっていた」

6 平成8《ハッ》年8《ハッ》月8《ハッ》日は「笑いの日」

入院して興奮するというのもおかしな話だが、第一夜はなかなか寝つけなかった。自宅にいても出張先のホテルでも寝つきはいいほうである。何度も寝返りを打って「そうかアルコールが入っていないからか」などと思いながら、うとうとと寝入ったが、すぐ目がさめる。3時半だった。トイレへ行く。小便の量を測ることになっている。カップで受けて指定された容器に溜めていく。これが最初の仕事であった。

11月20日朝6時半「検温の時間です」のアナウンスの声で目がさめる。妙な発音であった。「検温」は語尾が下がるはずなのに上がるのである。毎朝この発音に違和感をおぼえた。検温ではなく「健音」と発音しているからである。体温計を腋の下へはさんで測る。36・5度。このあと各病室からぞろぞろと出てきてナースセンター横の体重計にかわるがわる乗って体重測定となった。75kg。朝食はパンふた切れ、味噌汁、野菜の煮びたし、マーガリンひと包み。

外出許可をもらっていたので身支度をしていったん家へ寄り、JRで大船へ向かった。松竹の撮影所では「男はつらいよ」の最後の追い込みの撮影が行われている。寅さん、さくら、博さん、おいちゃん、おばちゃん、満男君にタコ社長と団子屋のレギュラーのみなさんが勢揃いしている。ファンクラブの誰彼や清水雅夫さんのご家族もみえていた。撮影の合い間にスタッフの方たちや出演者の方と話を交わしたが、渥美さんと話す機会には恵まれなかった。それもそのはず、この日は黒柳徹子さんが見えていた。超多忙日程の「トットちゃん」が、終日撮影所にいて渥美清さんとずーっと話していた。恒例のことという。

隣のスタジオでは同時上映の「釣りバカ日誌 7」の撮影が行われていた。栗山富夫監督に挨拶をし三国連太郎さん、名取裕子さんにお会いすることができた。宇都宮からファンクラブの小室明男・由紀夫妻がみえていて、しばらく話す。ウィーンロケへ一緒に行った仲である。その思い出話や亡くなった清水さんの話などをして少し早めに撮影所をあとにした。

病室へ戻り、大相撲の千秋楽を見る。曙―貴乃花戦は熱戦の末、上手投げで貴乃花が勝ち、これで2場所連続の全勝優勝である。平成の双葉山になれるのではないかと思った。私の子どものころは、何といっても相撲は双葉山であり、羽黒山、照国、名寄岩であった。

21日は検温コールで目がさめた。前夜は12時半に就寝したので、ぐっすりとよく眠れたことになる。朝食後外出・外泊許可をもらい、まず理髪店へ行く。池袋駅西口のメトロポリタンプラザの10階にある「アポロ」である。椅子が8台くらいあって、登録カードを提示すれば、あとは黙っていてもいつもどおりに仕上げてくれる。

この日は寅さんファンクラブ用の映画鑑賞券を毎年買ってくれる人たちを訪ね歩いた。通常料金が１５００円とすれば、１０００円で見ることができる。しかも寅さんのカレンダーがもらえるということで大勢の人が買ってくれていたが、安売りチケット店では８００円台で求めることができる。さらにショックだったのはシニア料金が１０００円で、私から買わなくてもよくなったよ、という人が年々増えるようになったことである。高齢者社会の到来をつくづくと実感させられた。

この夜は自宅泊まりで、翌22日は東京駅発９時40分の「あやめ1号」で鹿島へ向かった。穏やかなよい天気であった。市役所の内野さんに迎えられ鹿島神宮に参拝してから講演会場へ行った。「心の健康、体の健康」と題して90分間話し、自動車で成田へ送ってもらって電車で新宿をめざした。

この日午後6時から京王プラザホテルで「笑いの日を作る会」発足記念パーティが開かれ、総会と記念講演の司会をつとめることになっている。新宿駅へ到着したのが5時47分、ぎりぎりで開会に間に合った。続々と会員の皆さんがつめかけて会場は溢れんばかりの人、人、人。別の会場では加藤芳郎会長以下が記者会見を開いている。こちらもテレビカメラが数台入って満員の盛況である。私は両方の会場を往ったり来たりの忙しい思いをしながら何とか責任を果たし、第2部の祝賀パーティへと移った。

４００人余りの人々が集まり、さしもの広い会場もいっぱいとなった。山田直稔、神津友好、萩原津年武、神本貞也、松井寿一の5人の常任理事は互いに顔を見合わせては、安堵の微笑を浮かべ合った。ここまで漕ぎつけるにはそれなりの苦労があったからである。

平成8年8月8日の顚末

笑いがいかに大切であるかはみんなが分かっている。社会の潤滑油であり心と身体の健康にも密接なつながりを持っている。その大切な「笑い」を記念する日を制定し、大いに笑い合おうではないかというのが、そもそもこの運動の発端であった。

国際オリンピック応援団長を自称する山田直稔さんから相談をもちかけられた私は、有遊会の神津友好さんにこの話を伝えた。小島貞二さん、遠藤佳三さんらにもはかった結果、有遊会として側面的援助をしようということになった。

ちょうどこのころ関西では井上宏先生（関西大学教授）らの提唱で吉本興業もまきこんで「日本笑い学会」が立ち上がろうとしていた。山田さんは旧知の萩原津年武さんにも話を通していた。萩原さんは日本テレビの看板番組であった「アメリカ横断ウルトラクイズ」の制作担当会社の経営者で放送作家でもある。当然、神津友好さんとも知り合いであり、私は私で高校時代からの友人・故江口司郎くんを通して知っていた。

萩原さんが事務局長に適任ということで神本貞也さんを引っ張ってきて、ここに5人の幹事役が揃うことになった。会議をしたり、事務的な仕事をするところは萩原さんのオフィスの一室を借りることになった。当座の運営資金は山田さんが提供してくれた。5人が手分けして会費集め（会費は年1万円）と組織づくりにとりかかった。各人の人脈を生かして代表発起人を依頼した。平成8年8月8日をハッハッハッの笑いの日にするということで8人の方々にお願いした。

福田赳夫（元総理）、瀬島龍三（伊藤忠商事・特別顧問）、池口恵観（高野山傳燈大阿闍梨）、永井友二郎（実地医家のための会世話人・医学博士）、山下泰裕（柔道・金メダリスト）、佐渡嶽慶兼（元横綱・琴桜）、清川虹子（女優）、柳家小さん（落語協会・会長）。日本の政治、経済、宗教、医療、スポーツ、芸能の各界を代表する錚々たる人たちである。

この8名の方の連名で「笑いの日を作ろうじゃないか」と呼びかけたところ賛助会員120名、会員420名が参加してくれることになり、発足を記念する総会、パーティを開催したわけである。

「笑いの日を作る会」の目的は次のように謳《うた》った。私たちの会は3つの目的がある。

一、「笑い」が私たちの日常の生活と健康にとってどんなに重要なものであるかを再認識し、その大切さを広く世間に訴えること。

二、「笑いを失った人」に物心両面からの援助の手をさしのべること。

三、平成8年8月8日（ハッハッハッの日）を期して毎年8月8日を「笑いの日」とし、「笑い」の輪を世界中に広めること。

前記の目的を達成するために行う活動は次のようである。

一、「笑い」の大切さをテーマにした講演会、研究会、座談会などの開催。

二、チャリティ・パーティ、チャリティ・サイン会等の開催。

三、「笑いの記念館」の建設、「笑いの森」の植樹運動。

四、会報の発行。

五、各県に支部を開設。

六、世界の「笑い」の関係団体との提携と交流をはかる。

常任理事会はわれわれ5人（前記）で、その他の役員は次の方々である。

会長・加藤芳郎（漫画家）、副会長・岩井半四郎（歌舞伎俳優）、同・河野健比古（電算社長）。

偶然というか不思議な因縁というか岩井、河野の両副会長は誕生日がなんと8月8日であった。

理事＝小田晋（筑波大学教授）、諸橋楽陽（ノータリークラブ会長）、坂東和之丞（坂東流日舞師範）、塩田丸男（評論家）、松尾通（スマイル・ドクター、歯学博士）、志茂田景樹（作家）、アグネス・チャン（歌手）、鈴々舎馬風（落語家）、一樋有利（ジェビコスにじゅうに会長）、古川のぼる（ふくろう博士）、綿貫民輔（衆議院議員）、コロンビア・トップ（第二院クラブ党首）、安藤百福（日清食品会長）、広瀬謙次郎（作家）、広瀬喜代志（笑福クリニック代表）。

朝日生命ホール、都市センターホール、帝国ホテルと半年に1度ずつ大会を開き、いよいよ平成8年8月8日には朝早くから恵比寿ガーデンのいくつかの会場でイベントをくりひろげ、大いに盛り上がって運動は最高潮となったが、残念ながら「笑いの日」を国民の祝日とするにはいたらなかった。

7月20日が「海の日」で祝日となったが、これで日本の祝日は14を数え、これ以上増やさないと国会で決議されてしまっていた。しかも何万名もの署名を集めて総理府へ持って行ったが、すでに申請されている祝日（?）が8つか9つあり「笑いの日」はその次になるという。百年河清《かせい》を待つという言葉があるが、こんな状況では会員のみなさんから高い会費をいただいて運動を続けていても埒があかないことは明々白々なので、ここはいったん旗をおさめて、われわれだけというか有志で毎年8月8日に何かをしていこうということになった。

かつて「敬老の日」制定に力を尽くした「不老会」の皆さんのなかから出されたアイデアが、「笑いの日」で、山田団長のよびかけでかなりの広がりを見せたが、所期の目的は実現不可能になった。「笑いが大切」の精神は脈々とうけつがれているが、組織だっての運動は一応幕がおろされている。私自身は講演のたびに笑いの効用を説いて大いに会場を沸かすことを心がけている。

小田晋先生は「笑いは内側からのジョギングである」との名言を吐いている。まさにこのとおりで、美容と健康のために毎日大いに笑って過ごすことが大事である。

藁をもつかみたいが、ためらった「奇跡の治療」

23日は朝、本郷の事務所へ出て夕方病院へ帰った。お風呂に入る日ということで入ったが、物置を改造したのではないかと思えるような狭い空間で、廊下との仕切はアコーディオンカーテン。衣服を脱いで裸になって戸をあけて浴室へ入るが、小さな洗い場と小さな浴槽。サッシの窓がついているが、何となくすきま風が入ってきている。熱いお湯は出るが焚き口はない。

お風呂というのはのんびりゆったりくつろげるところのはずだが、このお風呂場は逆に気が滅入る感じ。ただ単に風呂に入れるといったつくりである。よく言えば機能的なのであるが、病人には向いていない。山奥の工事現場のお風呂のほうが、よほど風情があって心身をのびやかにしてくれるのではないかと思いながら、文字通りそそくさと出てきた。十分にあたたまることもできなかった。

朝から順々に入浴して私が最後ということだったが、みなさんは一人ひとりどんな思いで入ったのだろうか。こんな小咄がある。お風呂の好きな人は長生きをする。風呂（不老）長寿という。

夕食は6時。のり巻きずし3個、いなりずし2個、おすまし、鯵の干物1枚、ホウレンソウと大根おろし。この2、3日胃が重く感じられる時がある。食後ではなく空腹時に胃の存在感を思い知らされる感じになる。神経が過敏になっているのであろうか。8時過ぎ家人から電話。かねて手術しなくてもがんを治す方法があると言ってる人に1度会ってみたらとすすめられていた件である。直接話したらいいと電話番号を教えてくれた。

電話に出た女性は明るく澄んだ声をしていた。直接会って話をしたほうがいいでしょうと言われて場所と道順を聞く。26日の午後訪ねる約束をする。その前2日間は病院でのいろんな検査がびっしりと組まれている。そのことは後回しにして26日の出来事を先に書くことにする。

午前は中野へ肺がんが治った女性を取材に出かけた。医師から見放されたというわけではないが、これがいいと思ったある食品を重点的に摂って治ったという体験談であった。写真も撮って、ある雑誌に原稿を書くことになる。

午後は、私のがんのことで青山のあるビルを訪ねた。治療してくれる医師は東京にいなくて、その病院へ入院することになるという。注射と飲み薬があり、ほとんどの患者さんが数本の注射で治っていて、多い人でも8本どまりだという。これまで死亡した患者さんは2人で、いずれも死因は別にある。なぜなら解剖した結果がんはきれいに消滅していた。

この治療法を実施できる医師はひとりしかいなくて、なぜ自分がその医師を信頼しているかというと、十数年間難病に冒されて寝たきりで、あちらこちらの病院で治療してもらったのに一向によくならず、その先生に出会いやっと救われたからだという。あまりに劇的な効果があるので製薬会社や他の病院・医師からいろいろと誹謗、中傷、妨害を受けて、その先生は生命の危険を感じることもしばしばで一切秘密にしてほしいという。

原因が分からないから治療法もない疾患を「難病」と言っている。厚生省が指定している疾患は43を数える。その女性がかかった難病は何だったのか明かしてくれなかったが、10数年間の病歴は記録としてちゃんと残っている。それが大げさに言えば注射1本で病状が好転し、2本か3本で治ってしまったとすれば、奇跡以外の何物でもない。私にもその奇跡が起こるのであろうか。

「さすらいのガンマン」の心境としては、ぜひとも診てもらいたい医師であり、受けてみたい治療法である。奇跡を起こすといえばインドに「サイババ」という人がいる。これを笑い話にすると「アフリカにゾウババがいて日本にネコババがいてもおかしくない」となる。

冗談はさておいて、その女性は見るからに健康で血色もよく、とても長い歳月難病で苦しんでいたとは見受けられない。病院の場所も医師の名前も注射の内容も、一切秘密で明かすことができない。入院を決断したら必要最小限のことは教えるが、このことはすべて隠しておいてほしい。その病院のほかの入院患者さんにもということで、これはこれでわがジャーナリスト魂をゆさぶる成行きとなってきた。

私が健康そのものだったらこの話に遭遇していない。たまたま、がん患者となって治療を受ける身となって、だから知り得た情報である。せっかくのこの機会を逃す手はないと心のどこかで呟く声がする。しかし一方で、あたらひとつしかない生命を的に野次馬根性で取材に踏み込んでいいものかの声も聞こえてくる。治療を受ければその全貌を見聞きすることができる。あますところなく体験することができる。

結果胃がんが消滅して、もとの元気で丈夫な胃になれば万々歳である。そのことをジャーナリストの立場で書くことができる。一大センセーショナルを起こすことになる。だが待てしばしである。すべてのことを秘匿しなければならないとしたらどうなるのか。私の病状がよくなってもよくならなくても、隠しおおせよということであれば、せっかくの見聞・体験を世に知らしめることができない。

43もある難病や、がんをはじめとする成人病を克服して社会復帰を果たしている人たちがいたとして、誰一人そのことを話していない、発表していないというのであれば、あまりにももったいない話である。

「ここだけの話」というのはほとんどの場合広まっている。しかも尾ひれがつくことが多い。現にこの話（注射を数本打てばがんが治る）が私の耳に入っている。本当に治った人がいて、その数が増えているのなら必ず評判になっているはずである。「隠すよりあらわるる」で、良いことも悪いことも風の便りで聞こえてくるものである。藁をもつかみたい私としては、とつおいつ、いろんなことを考えた。

その先生は金儲けのためにやっているのではないと、女性の方は言った。それは信じてもいいだろう。しかし入院加療でいくらかかるか、健康保険とのからみはどうなるのか、その他あらゆることが入院を決断しなければ明らかにされないという一点が気になった。情報を開示されないまま生命を預けることになるのが納得できなかった。神秘、奇跡、人智を越えた何かの力がこの世に働いていることは、何となく感じている。しかしこの治療は人間としてのひとりの医師が施すものである。その医師によって見事に治った女性から聞かされた話ではあるが、私は踏みきることをためらった。

それから4日後の30日、大山医師とこのことについて話し合った。その病院へ行くか癌研病院に残るかまだ若干の心の揺れがあった。「退院させてもらうか、突然病院から逃げ出すか、そんな可能性を秘めている」と私が言うと、「それは患者さんの自由です。治療を受けるも受けないもよく話し合って決めればいいことで決して強制はしません」と大山医師は答えた。そしてこれまでの経験で、ほかの方法がいいと出ていった患者さんで良くなったためしがない、と言い切った。

民間療法や民間伝承薬、あるいはがんに効くといわれている健康食品などなど、何を頼っていったのかは分からないが、一時期病院を離れた人はこれまでにも何人かいたという。しかし判で押したように戻ってきた。それも良くなった人はひとりもいなくてみんな悪くなって帰ってきた。そのまま病院にいてくれたらと残念に思ったことが一再ならずあったという。医師の立場、患者の立場、それぞれに難しい。

7　決意、固まる

11月24日は早朝3時に目がさめた。尿意をもよおしてである。5時半から数回にわたって採血と採尿をすることになっているので、この時間に小用を足してしまっていいものか、どうかためらわれ、ナースセンターへ聞きに行った。するとあっさり「どうぞ」と言われてしまった。それはそうだ。おしっこを無理にがまんしている手はない。身体に悪い。尿毒症になってしまうかもしれない。ベッドへ入るとすぐに寝入ってしまった。

5時半に起こされる。1回目の採血と採尿。まずは右手であった。6時にサイダーを300cc飲まされる。一気に飲んだら看護婦さんが「ワアすごい」。6時半今度は左手から採血される。

7時の採尿でそのカップをナースセンターへ持っていく。その時に右手から採血。

7時半には左手から採血。この時は痛かった。ベッドで横になっているとついウトウトとし

てしまう。

8時に採尿してそのカップをまたナースセンターへ運び、3度目の右手からの採血。8時半に左手から採血。1ccずつ採っても左右3回ずつで計6回だから6ccも採られたことになる。同じ看護婦さんが採血してくれたのだが、右手の場合は痛みがなく、なぜか左手の場合は痛かった。技術の問題なのか、身体の調子の問題なのか。針を刺すのだから痛みは当たり前かもしれないが、「痛いっ」と思わせないように処置してもらいたいものである。

もうひとつおかしかったのは採血の発音が「採決」と聞こえることだった。どこの生まれなのだろう。大勢の看護婦さんと接して「いろんなヒトがいるなあ」と思わされたが、この看護婦さんは話を引き出すのがうまかった。いわゆる聞き上手のタイプだった。

寅さんの話や私がジャーナリストとしては献血第1号だったという話をいつの間にかしている。カウンセラーとしての資質を持っているなと思った。このあともう1回ずつ採血・採尿を行なってやっと朝食を許された。パン2切れ、ちりめんじゃこ少々、キャベツと人参とピーマンと鶏肉の玉子あえ、味噌汁。

胃がんを忘れてマドンナにインタビュー

午後外出許可をもらって銀座に行く。東武ホテルでかたせ梨乃さんと対談。「男はつらいよ」第47作のマドンナをつとめている。明るくて楽しい女優さんである。

「山田監督に選んでいただいて感謝しています。歴代のマドンナをつとめられた女優さんをみていると、皆さんいま輝いていているという方ばかりですよね。私もその仲間入りをさせていただいてとても光栄に思っています」と感想を述べてくれた。

女流写真家の役どころで、琵琶湖のほとりで寅さんに出会うわけだが、自分の役柄や渥美さんの人柄や、楽しくておもしろい話が盛りだくさんで『花も嵐も』の読者が喜んで読んでくれる内容であった。こういう時間は胃がんのことなどまったく忘れていて、じつにうきうきと過ごすことができる。

しかし現実は刻一刻と手術の時間に近づいている。病院へ帰る電車のなかでは乗客の誰彼を眺めわたして「皆さんどこも悪くないのかなあ。何といっても健康が一番だ。私が胃がんだなんて誰も知らないんだ」などと、とりとめもないことを考えていた。

病室へ大山医師が来てくれて今後の検査日程を確認。この時も手術を受ける受けないのやりとりをしている。患部が縮小していたり治っていたりしたら当然手術をしなくてすむわけだが、もしそうなったら病院側としてはどう対応するのか聞くと「そんな事態は残念ながらあり得ないし考えられない。万が一そうなっていたら良性を悪性と見間違えたということになる」という答えだった。

糖尿病を宣告される

11月25日、早朝5時半に採血、6時半検温、のどの検査と称して棒でぐりぐりされた。7時半にナースセンターへ呼ばれる。もうひとりご高齢の方がみえている。10分余も寒い思いをしながら待つ。配膳係の看護婦さんが「お食事をお部屋に置いてきました」と明るく言ってくれたが、それはチト変ではないか。

口では「ありがとう」と礼を言ったが内心は（冷めてしまうではないか）である。その気持ちを察したのか看護婦さんが「ドクターがもうすぐ来ますから……」と言った。たしかに女医さんが来た。たまに見かけるやせぎすの女医さんで不健康そうな顔色をしている。まだ年齢は若いのだろう、不機嫌というわけではないが、雰囲気としては朝早くから注射をしにやってきてあげたんだ、という感じを漂わせている。そうとう踵の高い細いサンダルをはいていて、階段を昇り降りする時にはひときわ高い音をたてて歩く女医さんであった。昼といわず夜といわずこの音を聞くとほかの履物に変えられないのかなと思ったものである。

7時44分に左腕に蛍光剤を注射、8時1分に右腕から採血された。やっと朝食にありつく。パン2切れ、牛乳1本、味噌汁、大根と油揚げと人参の煮しめ、しその実入りのおしんこのきざみ。

8時半大山先生がみえる。主治医の顔をみるとなぜか心が落ちつく。しかし告げられたことは不安材料であった。糖尿病だというのである。血糖値の正常値は食前なら80〜90なのに140もあり、食後は120なのに230〜240も出ている。ただヘモグロビン4・0〜6・0が正常値で6・0だという。膵臓はちゃんと働いているので150台に下がっているが120は切っていない。

「普通患者さんには術後の1〜2週間は節食することになるので、たらふく食べて飲んでおいてくださいと言うんですが、この数値では奨められません。アルコールも控えてください」と言われてしまった。ずいぶんと寂しい話になってきたが、糖尿病が進めば生涯苦労しなければならない。ここは一番、がまんのしどころと心に決める。

11月27日も外出許可をもらい江ノ島大師へ行く。池口恵観法主のお加持を受ける。手術は何といっても身体を侵襲することであり、いま縁あって受けているこのお加持と、これから受けるかもしれない注射療法とでがんが治るなら癌研附属病院を退院することができる。胃を切らなくてもすむのか切ることになるのか、気持ちは明るくなったり曇ったり暗くなったり、ころころ変わる空模様のようであった。

看護婦さんと思わぬ諍い

11月28日も外出。雑誌『経済界』に「松井寿一のメディカル最前線」を執筆連載しており、その取材で製薬会社や病院を取材で訪ねたり、出版社に原稿を届けたり、とにかく術前術後のある期間、仕事に穴をあけるようなことがあってはいけない。その手当てと段取りに万全を期して動いている。

この日から朝食後に必ず飲むようにと渡された薬がある。胃透視のためのものだという。30日にその検査が行われると伝えてくれた看護婦さんに何げなく「いつごろの検査なの？」と聞いたことが発端で思わぬ諍いに発展してしまった。

「時間は分かりません」というのである。なぜ？　と問い返すと連絡がきてないと言う。じゃ検査するところへ聞けば分かるはずと押し返すと「外来優先になっていますから……」が答え。これでは私が聞いたことに対する答えになっていない。

どちらが優先であろうとひとりに要する時間は定まっているはずで、午前中は何人、午後何人と割りふるわけである。入院患者は後回しだとしてもおおよそ何時になるかぐらいは分かっているはずと思うのだが、その看護婦さんは判で押したように「分からない」と言う。ここで腹を立ててもしょうがないので、私は思考をきりかえて、手術しないで退院する件について大山医師と話したいと思い「先生を呼んで欲しい」と言った。

するとみるみる泣きそうな顔になって「分からないものは分からないんです」と言う。検査のことではなく別件で大山先生と話したいんだと言い、検査の時間は分かり次第でいいから教えて欲しいと頼んでようよう引き取ってもらった。

11月29日は朝9時55分羽田発の全日空機で松山に向かった。快晴で心地よい空の旅であった。飛行機に乗るのもしばらくは遠ざかることになる。

こんな小咄がある。機内でいくつかのグッズを売っている。「売れ行きはどうですか?」と聞いたら、「飛ぶように売れています」。ベルト着用のサインが消えて何人かの男の子が通路で騒ぎはじめた。すると熱心に本を読んでいた男性客が「坊や、いい子だから外へ行って遊びなさい」

この日は東予市での講演だった。空港から市役所まで車で行ったが、晩秋の風景は心なし寂しいものがあった。午後6時半に羽田に帰り着いて、これから病院へ行っても食事をとることはできない。どこかで豪華にと思ったが主治医から止められているので、浜松町駅のビルのなかの寿司屋へ入り、お茶でにぎりを一人前食べた。当分ご馳走(?)を食べることができない身にとってはじつにささやかな食事であった。

家人、主治医と三者面談

11月30日、朝4時20分に尿意をもよおして起きる。350ccも出る。横になって寝入ったら6時に検温の放送で起こされる。36・5度。脈拍も測られる。またまた寝入ったら7時半に起こされる。胃をきれいにするという薬だが、この2日間飲んでいたのとは違う一服を飲まされる。大山医師が顔を出して退院するか、しないかは胃透視の結果をみて夕刻に話し合うことになった。今日は尿を1日量測って欲しいと言われた。ということは外出できないわけである。ベテランの看護婦さんが胃透視は正午前くらいだろうと伝えてくれる。

先日の看護婦さんはこの日姿をみせなかった。休日だったのであろうか。いきなり血液を採ると言われて中央検査部に行く。量は少しだったが何の検査かと聞いたら医師に聞いてくれと言われてしまった。

11時40分に呼ばれて地下へ行く。着替えて待つことしばし12時ちょうどにX線室に入る。インターンとおぼしき若き医師たちが数人来ていた。胃を視ておられるのは馬場先生で、先日学会で鹿児島・南風病院の西俣先生に会ってきたと話してくれた。胃チューブと書かれた箱のなかにみみずの親分みたいな器具が入っている。いつもより時間をかけて慎重にみてくれるという。ぜひそう願いたい。そしてできることなら切らなくてもいいという結論に辿りついていただきたい。

チューブを飲むとき「オエッ」となったが、まあ飲みやすいほうだった。まず胃のなかを洗浄し、バリウムを入れ、撮影となる。最後のほうで画像を見せてくれた。十二指腸の入口のところに潰瘍というか腫瘍というか、隆起しているのがよく分かった。約30分で胃透視完了。部屋へ戻って食事となる。朝の分も一緒にどうぞという。牛乳、ご飯（心もち量は少ない）、サバの焼物、白菜と鶏肉の煮物、肉の中に人参とワケギを入れた煮物、奴豆腐3分の1丁。

夕刻、家人が来て大山医師と三者面談。患部は大きくも小さくもなっていない。手術をするとしたらどのように切るかを説明してくれる。がん細胞は筋層まで達しているⅢ型（ステージスリー）で、直近のリンパも切り胆嚢も切らなければならないという。手術から民間療法までいろんな治療法があり、そのうちのどれを選ぶかは患者さんの自由だが、もし退院してそちらに行くのなら12月5日の手術を中止か延期しなければならない。そしてやはり手術にしますと帰ってきた時に、うまく段取りをつけられればいいが、かなり先に延びるようなことになれば、社会復帰も自動的に延びてしまう。

それでいいのかと言われれば、面目ないがいいとは言えない。手遅れになって病状が進行してしまっていたら、もうひとつもふたつもややこしいことになる。ここは決断するしかないと家人とも話し、手術同意書なるものを受け取ることにした。すると即座に鼠径《そけい》部の大動脈に注射を1本打たれてしまった。何なんだこれはといった感じであった。手術をするための手付けを打たれたような塩梅であった。

私は楽天家、家人は神経質

大山医師がいなくなって家人とふたりいろんなことを話し合った。私はどちらかといえば楽天的なほうである。田舎にいた中学時代にバンカラをよそおって朴歯の下駄をはいていたが、後の歯の外側からすりへってきた。これは陽気で明るくて楽天的な性格の表れなのだそうである。あのころはよく下駄を思い切り空へ蹴りあげて、翌日の天気を占ったものである。表が出れば晴れ、横になれば曇り、裏が出れば雨というわけである。

こんなジョークがある。気象庁の天気予報がよく当たるようになったのは、コンピューターに下駄を入れたからだ。もうひとつ。気象庁の予報は当てにならない。なぜなら職員の運動会が雨で延期になった。永林寺の佐藤住職は「空には3つの廊下がある。照ろうか、降ろうか、曇ろうか」とよくおっしゃる。

私に比べて家人は少し神経質というか繊細なところがある。おおらかでひょうきんな面もみせるが、これは私と結婚して伝染したのだと強調する。人間の性格のおもしろい面というのは素質であって先天的なものだと思うのだが、家人は後天的なもので絶対にうつされたのだと言い張る。

その昔、連日のように帰宅が遅く夜の食事をわが家で摂ったことがない時代、めずらしく早く帰れることになったので「山海の珍味を用意して欲しい」と電話したら「わが家は二階建てです」と切り返されたことがある。10数年前二女が高校生のころ、何かを買って欲しいと言ったのに家人が買わないとつっぱねて言い争いになり、二女が「ぐれてやる!!」と叫んだら「ぼけてやる!!」と叫び返したことがあった。

家人が妙に沈み込んでいるので「手術しただけで死ぬわけはないんだから……」と元気づけると「転移していて取り返しのつかないなんてことになっていたら……」と言う。いろいろと心配してくれるのは有難いが、こういうのが取り越し苦労である。切ってみなければ分からないのだから心配するなというと、「よく平気でいられるわね」と言う。平気でいられるわけではないが、メソメソしていても始まらないし、陰々滅々としていたらがん細胞に栄養分を送ることになるかもしれない。ストレスをこうじさせることは、どんな病気の場合でもよい結果をもたらさない。東京のバスガールの歌詞ではないが、明るく明るく振る舞うのが一番いいのである。

家人は帰りがけに「お母様より先に死なないでね」と言った。私の母のことである。80歳でとても元気である。人間社会の永遠の課題というか命題というか、嫁と姑の確執はわが家にもある。男の立ち入る余地のない場である。（そうか、そこまで考えていたのか）と私は思った。順番からすれば息子の私が母を見送ることとなる。きわめて自然な成行きで、いつのことになるかは分からないが、長男としての義務であると思っていた。

ところがここにがんという病気が降って湧いたように私の身に襲いかかった。古風な言い回しをすれば、この病魔に私が負けたら母の面倒はすべて家人の肩にかかってくる。これは大変なことである。手術をして5年生存率が3割という範疇に私は入っている。うかつに死ねないぞと改めて思った。とつおいつ、いろんなことを考えているうちについ吹きだしてしまった。

私にいつまでも長生きしていて欲しいという意味で言ったのか、母の面倒をひとりでみるのは大変だから言ったのか、真意のほどは分からないが「私より先に死なないでね」とは言わなかったなあと思ったからである。

12月1日。師走。ことし最後の月になった。朝食はご飯、味噌汁（豆腐と菜入り）、ホウレン草のおひたし、グリーンピースの煮たもの。昼食はロールパン1個、バナナ半房、鶏肉とブロッコリー。夜食はご飯、おすまし（湯葉、葉、飽）、鱈のオイル焼、肉と白菜の煮びたし、インゲン豆のごまあえ、キウイ3切れレモン添え。

9時半に検査室から採血するから来て欲しいと連絡、出かける。小水は昨日と同じ時間までのまる1日分をとり終える。また明日までのまる1日分をとることに。

午後外出許可をもらって短時間だが出かける。原稿を1本仕上げるのにどうしても見なければならない資料があった。点滴の装置を身につけるようになると、何かと不便で風呂にも入れなくなる。そこで風呂へ入り頭も洗う。

4時過ぎ処置室へ呼ばれて大山医師の話を聞く。昨夜鼠径部の大動脈に打った注射は、血液中の酸素の量を調べるものだったそうで、結果は何と71。これは大変に低い数値なのだそうだ。大手術に耐えられないおそれがあるので、呼吸の訓練と歩行をよくやるようにと言われる。中心静脈へ点滴で栄養補給をするのはきわめて稀《まれ》なケースであるという。

自分ではそんなやっかいな身体をしているとは思っていなかったからヤレヤレの心境である。大山医師からは「松井さん、いい体験をしますね」と皮肉とも同情ともとれる言葉をかけられた。「そうですね」と答え（まあ何事も経験だから）と内心では強がってみせた。中心静脈へちゃんと針が通っているかどうか確認のX線を撮りに行く。針が入っているところは何となく違和感がある。

夜になって若い医師をひとり連れて大山医師が来る。X線で確認した結果、針は正常に入っていると教えてくれた。点滴が入っているせいか夜半に2〜3度目がさめて寝つかれなかった。

12月2日。朝食はご飯、味噌汁、人参とカリフラワー、高野豆腐と菜、牛乳、りんご2切れ。

昼食はご飯、ナス1個と人参のレバ煮、焼魚（タカベ）1切れ、ホウレン草。夜食はご飯、キャベツのコンソメスープ、玉子焼2切れ（青菜入り）、インゲン豆・シラスとキャベツの酢の物、グレープフルーツ半分。

大山医師が若い医師をひとり連れて顔を出してくれる。少し経って外科部長の中島聰總先生がみえられた。かかりつけの朱野医院の朱野先生の先輩で、そのご縁で入院したわけである。手術を控えての、ともすれば動揺しがちな患者の心を落ちつかせようということで、病室へみえられたのであろう。

8　手術前夜

中島聰總先生は「何かご不自由とか、ご不便なことはありませんか」と聞いてくれた。患者さんの一人ひとりが100％満足するなどという病院はないであろうし、全幅の信頼が置ける医療担当者ばかりがいるというわけでもないことは自明の理である。「ええまあ」とつい曖昧な返事となってしまった。

「これだけ大勢の看護婦さんがいると質の面で、でこぼこというか、不揃いになるのはやむを得ないことですね」と私は言った。中島先生もその点については同感で、とっくに体験済みだという。

かつて肝炎でこの病院に入院した時、看護婦さんと意思の疎通がうまくいかなかったことがあるし、情報伝達の遅さにイライラしたことがあったという。「同じ病院で働いている医師と看護婦の間柄なんですよ。よく見知っているし、気心も知れているはずなのに、頼んだことが

迅達にとり行われないんですよ」と中島先生は慨嘆した。入院中にかの有名な当時癌研病院の院長であった黒川利雄先生が見舞ってくれたことがあり、大いに力づけられ元気づけられたという。

スピーチと女性のスカートはないほうがいい

黒川先生には私にも思い出がある。先生の88歳の米寿のお祝いの時、帝国ホテルで聞かれたパーティーに私も出席した。奥様はその時77歳で喜寿にあたるという二重のおめでたであった。黒川先生は1897年のお生まれで、百歳余まで長生きされたら3世紀を生き抜かれたことになるという祝辞が印象深く記憶に残っている。

そのパーティーよりも10年ほど前のことだったと覚えている。ある製薬企業が海外の製薬企業と提携して合弁会社を作り、そのお披露目のパーティーが開かれた。双方のトップが挨拶して来賓祝辞へと移ったが、通訳が入ったりしていずれも長い話となっていた。来賓は全部で7人、延々といつ終わるか分からない雰囲気となっていた。

3人目に登場したのが黒川利雄先生で「私はご存知のように医者です。飲物とご馳走を目の前にして長々としゃべっていると精神衛生上にも肉体的にもよろしくありません。今日はどうもおめでとうございます」と、ものの30秒もかからないで祝辞を終えた。会場からは期せずしてヤンヤヤンヤの大喝采が贈られた。

こうなると続く4人の来賓も長々としゃべっているわけにはいかない。巻紙を用意してきた方もそれを掲げてみせるだけで、読み上げることをせず、いずれも手短に祝辞を述べて開宴となった。

『挨拶は難しい』という丸谷才一さんの本がある。いろんな場面でいろんな挨拶が行われるが、肝心なことは簡にして要を得ていることであろう。先日もある席で勲一等を受章されているという人の挨拶があった。滑り出しは快調であった。

「皆さん、NHKにいらした鈴木健二アナウンサーをご存知と思う。先日その鈴木さんにスピーチの要諦を聞いたら、90秒くらいがいいと言われた。1分半である」。ここまで聞けば当の本人も鈴木アナにあやかって90秒で切り上げるだろうと誰もが期待する。ところがである。あにはからんやおとうとしからんやで、このご当人、何と延々15分もしゃべったのである。

落語家がまくらにふる小咄《こばなし》がある。「祝辞の祝は短縮の縮だと思ってください。長々とやると長（弔）辞になります」

結婚式の披露宴でもうんざりさせられることがある。もう終わりかなあと思っていると、また最初に戻って同じようなことを話し出す。聞いているほうがいいかげんくたびれてしまうので、それで疲労炎というのではないかと思う。

このごろはプロのアナウンサーでもひどい話し方をする。言い間違いに、読み間違い、アクセントとイントネーションの乱れは聞くに耐えない。女子アナの有名な読み間違いは横書きだったせいもあるが、「旧中山道」（きゅうなかせんどう）を「1日中、山道」（いちにちじゅう、やまみち）と言ったことであろう。「陸海空三軍」を「りくうみそら三軍」と読んだのを聞いたことがある。

講演会などの司会者で自分が主役のように錯覚している人もいる。前後の前置きやら解説がやたら長く、声を一段と張り上げてしゃべる人がいる。○○先生にもう一度拍手を、とやたら拍手を強要する司会者が多い。歌や踊りの芸能や、音楽会などで何回も拍手が贈られるのは自然発生的なものである。講演会などで拍手を強制するのは演者もとまどうだろうし、聴き手のなかには反発を感じる人も出てくるのではないか。司会を含めてたしかに挨拶はむずかしいが、お日柄はともかく、場所柄と役柄をわきまえて事にあたってほしいものである。

ここで、名スピーチ中の名スピーチ（と私が思っている）を紹介しよう。作家の梶山季之さんである。とあるパーティーの宴たけなわのころ、会場に梶山さんが現れた。いまをときめく大流行作家である。めざとく見つけた司会者が　スピーチをと壇上へいざなった。

大きな拍手と歓声がわき起こり、気が進まないのだがやむを得ないという感じで梶山さんはマイクの前に立った。場内は静まりかえる。

「スピーチと女性のスカートは短ければ短いほどよろしいというのが古今東西の名言と言われている」。ここでいったん話を切った。場内はいぜんシーンとしている。「しかし、私はそうは思わない」と言ったので、そこここでざわめきが起きた。次にどんな言葉が飛び出してくるのかと、期待のまなざしが梶山さんの口許にそそがれた。梶山さんの口からほとばしり出た言葉は「スピーチと女性のスカートはないほうがいい!!」であった。大爆笑、大歓声となった。

今日は何だか長く感じる1日

中島先生は「手術の時期としてはいまが一番いいですよ」と言ってくださった。時期という意味が季節をさしているのか、私の病状をさしているのか、定かではなかったが、「いい」と言われて悪い気になる者はいない。その言葉を素直に信じることにした。もっといろいろ話したかったのだが、採血をするという連絡が入り、中断されてしまった。

点滴用のビニール製の薬袋をぶら下げたガートル台という道具を、ガラガラと音をたてながら押して検査部へ。薬液に抗生物質が加わる。気管支拡張剤を使用上の注意をよく読んでから吸入し、ボール紙で組み立てられている「スフレ」という道具で呼吸の練習をする。手術までの期間、この吸入と呼吸の練習はノルマとして課せられて忠実に実行したが、いまになってみても何に実効があったのか判然としない。やるようにと言われて素直にやってはいたが、どこかの時点で役に立ったのだとしたら、それはそれでよかったことになる。

正午、今年入ったという看護婦さんが一応ニコニコして入ってきた。「血をください」と言う。毎朝採られていると言うと、「それとは違うんです」と言う。違うわけはないよ、私の血なんだからと内心思ったが、何のために採るのかと聞くと「手術の時にもし輸血ということになったら、凝固したりしないように調べておくんです」との答え。そんなこと、これまでにさんざん採血した分で調べておいてくれよと内心また思ったが、黙っていた。

可決しないから、何回も採決（血）するんだと思いながら腕を出すと「何か、いつも採ってる穴と同じところですいません」と言いながら注射針をブスッと刺し、かなりの量を採って、足取り軽く病室から出ていった。一体どうなっているんだこの病院は（どこの病院でも同じことをやっているのか）、いままで採られた血液を全量売ったらかなりの金額になるんじゃないかなどと、あらぬ方向へ思考が進んでいった。

午後3時20分、麻酔科の先生がみえる。わけ知り顔のお姉さんといった感じの女医さん。3

日後つまり12月5日、手術日の指導にみえたわけだ。当日は朝9時半からの手術なので、1時間前の8時半に注射を肩から射つという。内容は精神安定剤と麻酔薬。ストレッチャーに乗せられて手術室へ行くと強力な麻酔薬を1本背骨の間に射つことになるので、その時はベッド（手術台）で横になり、海老のように背中を丸めるようにという。8時半に麻酔を射たれているので、そんなことができるんですかと反問すると、その麻酔ではボワーッとしている程度で、まだ意識はしっかりしているから大丈夫だという。

8時半に射つ肩からの注射は、いざ手術ということで緊張して、心臓がドキドキしたりしないようにするためのものだという。私の両手首を握って「親指をなかにしてしっかり握ってみてください」という。点滴をする血管を調べるのだという。「はい、手のひらをあけてください」と言われてあけると、手のひらが赤みを帯びている。それをみて「血は通っていますね」と言う。思わず2人で笑ってしまった。

肝脂肪がついていると言われた。肝機能検査の結果では正常値だが、一応アルコールを飲んでいる量を申告する。ぜん息、心臓病の既往歴を聞かれるが、もちろん「なし」である。ぐらぐらしている歯もない。

夕方、大山先生が若い医師をひとりつれてみえる。「腎機能は正常です」と告げてくれる。何でも正常と聞くだけで妙に安心する。

夜半に看護婦さんが来て「明朝5時半に採血します」。本当によく血を採る。今日は何だか長く感じる1日だった。

毎年12月に入ると連夜にわたって忘年会が続く。私がお膳立てする会も少なからずある。今年もいくつか準備したが、それらを含めてオール欠席ということになる。さぞ酒のさかなにされているんだろうなと思いながら眠りにつく。

担当ナースとはお見合いしたい

12月3日。検温で36度ちょうど。婦長さんが顔を出し「月曜日はがんばってください」と激励してくれる。明日は日曜で休み、明後日は早くから来られないから、今朝の激励ということなんだろうと考える。

外科回診で、中島先生をはじめ数人の医師がぞろぞろとみえた。その後、手術専任のナースが来て、手術時の注意をしてくれる。8時半、肩からの注射。8時50分の出棺、じゃない出室でストレッチャーに乗っていく。手術台に移されたら、海老になって注射を射ち、心電図、血圧を測るという段取り。担当は何とかナースですと言うから、思わず「あなたではないんですか」と聞き返す。「私ではありません」ときわめて明瞭な答え。「月曜日の松井さん担当は何とかナースですが、今日はお休みです」。それはないんじゃないかなあ。ただでさえ不安なのに、担当ナースとは手術当日でないとご対面とならないとはあんまりではないか。

人間には相性というものがあるし、あらかじめこの人だと分かっていれば安心感を持てる。それをいきなり初対面で「この手術を何とか乗り切りましょう」と言われても、うまく乗り切れるものかどうか。第一印象が悪くても、時間的余裕があれば自分自身を納得させることができるし、あきらめることもできる。担当ナースに容姿端麗、心身健康、心根やさしい和風美人を求めるつもりはないが、いきなりの対面ではなく、何日か前にお見合い(?)をさせておいてほしいと病院側にお願いしたい。

病棟の看護婦さんは入れ替わり立ち替わり、いろんな人が来て、やはり好感の持てる人、持てない人さまざまである（これは看護婦さん側から患者さんをみても同じことがいえる）。冗談が通じる人、通じない人、話題を共有できる人、できない人、いろいろである。それがいいとか悪いとかではなく、病院のなかも社会の縮図のひとつなのだから、患者（私）の都合のいいように運ばないことはよく分かっている。

しかし、手術室というのは生命に直接かかわってくる場所である。気だてのやさしい明るい笑顔の看護婦さんにいてもらいたいではないか。高石かつ枝のような、ナイチン・ゲールのような、マザー・テレサのような人にいてもらいたいではないか……。

質実剛健と在野精神

12月4日。午前3時に小用を足す。続いて6時にも。昨日と同じだった。手術の前日ということで、終日すべて流動食の朝食は、グレープフルーツともう1杯白いジュース、中身のない味噌汁、おも湯、お茶。昼食はおも湯、味噌汁、りんごのすりおろし、コンソメ風スープ。夜はトマトジュース、魚味のごじる、かたくりとあずきのくず湯。

朝食はあっという間に片づいて食器を下げに行ったのは私が一番乗り。体重計に乗るのも最初で74・7kg。入院当時と変わらず。

看護婦さんが「手術を受ける方へ」という書類を持ってきて、一生懸命説明してくれる。質問に答えるとせっせと記入もする。剃毛ということになり、どちらかというと若手のほうの看護婦さんなので、腹部を出しても胸毛から恥毛の上部までであった。あとはどうするのかなと思っていたら、引き続きベテランの看護婦さんが来て、恥毛の下部までていねいに剃毛してくれた。もちろん若手の看護婦さんがやった上部もていねいにフォローしてくれた。ついでなのか、義務づけられているのか、臍の中もきれいに掃除してくれた。このあと入浴、洗髪・洗体、さっぱりする。点滴の装置をしっかりととめる。手と足の指の爪を切る。

午後1時ヒマシ油を飲む。夕方までに2度トイレに行く。テレビでラグビーの早明戦をみるが、早稲田はノートライで完敗。入学試験が難しくなって、いい運動選手が入ってこなくなったと聞いて久しいものがある。

六大学野球も、ラグビーのリーグ戦も、箱根駅伝も、春の隅田川の早慶レガッタも、昔ほどの強さも盛り上がりもなくなっている。天下のワセダなのだから、スポーツで名をあげなくても、学生は集まってくるという論を聞く。東大に受かって早稲田に落ちた学生がいるという話も聞いた。地方出身の学生が減って、都会出身者が断然多くなっているという風評もたっている。このままでは、ミニ東大化してしまい、よきライバル校の慶應の後塵を拝するだろうと憂慮すべき事態も聞いている。

私が早稲田大学へ入った時は（昭和30年代）、とにかく早稲田が好きなんだという学生ばかりだった。神宮球場の早慶戦で早稲田が負けようものなら、頭を丸める若い講師の先生がいたりしたものである。現在はどうなのであろうか。慶應が銀座で、早稲田が新宿というところからも分かるように、一方はスマートで慶應ボーイと言われ、他方わが早稲田は田圃でバンカラと言われていた。弊衣破帽《へいいはぼう》に腰手拭いが似合っていた。

建学の祖・大隈重信侯は質実剛健、在野精神を強調した。校歌は「都の西北」だが、第二校歌は「人生劇場」、第三校歌は「旅姿三人男」と、いつの間にか言い伝えられてきている。いまの日本は男女ともに世界一の平均寿命となっているが、あの明治の時代に大隈重信侯は125歳まで生きると断言した。よってきたる学説は「成長時の5倍は生きられる」である。人間の成長が25歳で止まるなら、その5倍が寿命となるわけだから、125歳となる。生きとし生けるものの寿命は成長が止まった時点の5倍は生きられるということが明治時代にすでに言われていた。大隈講堂の時計塔の高さは125尺（37〜38ｍ）となっているが、これは大隈老侯の願いを具現化したものであるという。

いまから20数年前、試験問題をめぐってふたつの不祥事が起きている。どちらが先だったか覚えていないが、試験問題を売ったという事件と盗まれたという事件で、ふたつの事件の間は2〜3年あいていたように記憶している。いずれにしてもアブノーマルな事件で、これを「異常早大（以上総代）」と言う。

早稲田大学の入学試験問題なのだから、何十万くらいで売られたのだろうと誰しも想像したが、意外と安く1万円とか2万円だったと伝えられた。学部が小額（商学）部だったから。試験問題を盗まれるとはなんたる怠慢、なんたるていたらくと激昂した校友のひとりが思わず大声で叫んだ。「校歌の題名を変えろ！　都の西北ではなく、都の盗難（東南）だ！」

いよいよ明日は手術

夕食後の7時半から8時の間に５００ccの浣腸液を入れる。ＮＨＫの番組「日本人の質問」

が終わってチャンネルをボクシングの実況中継に切り替える。WBCの統一王座決定戦の辰吉丈一郎vs薬師寺何某のファイトである。第2ラウンドを見ている時に強烈な便意が来た。ボリュームをあげてトイレに入る。壮絶な打ち合いが繰り広げられているようだが、アナウンサーの声と大喚声が聞こえてくるだけで、映像を見ることはできない。こちらも便座に座って一種の闘いを続けている。流動食しか食べていないのだから、浣腸液が大量に出てくるだけだろうと思ったが、固形を感じさせるものもまじっている。ウンウン唸りながら第8ラウンドまで座っていた。かなりの時間である。試合は薬師寺の勝ち。

心情的には辰吉に勝たせたかったが、これればかりはどうしようもない。運もからんでくるのだろうが、やはり実力の世界である。強い者が勝つ。私はといえば、お腹がしくしくと痛くてまだ出そうな感じがずーっと続いている。ある程度がまんしていてトイレへ行くと水分しか出てこない。

NHKスペシャル「エイズの時代」を見て、お腹も落ちついたので、寝ることにする。睡眠薬が1錠出ていたが、飲まなくても眠れそうである。明日のいまごろはどうしているのだろうか。生きていれば集中治療室にいるのだろう。しかし、意識はどうなのだろう。あるのか、ないのか。こんこんと眠り続けているのか。それとも痛みで眠れないでいるのか。いろんな思いが次から次へと湧いてくる。しかし、なぜか不安はない。悲壮感もない。自分でも不思議なくらい落ちついている。

突然『出征前十二時間』という映画を思い出した。国民学校2年生の時ひとりで50銭を持って見に行っている。このころ見た映画で覚えているのは阪妻の『無法松の一生』、黒沢明監督の『姿三四郎』、いまでいうアニメの『空の神兵』などである。

『出征前十二時間』という映画は若原雅夫と月丘夢路だったか、記憶は定かでないが、戦地へ赴く若い男性と、その男性を好きな女性とのことを描いたメロドラマではなかったろうか。死地に赴くのを私の明日の手術に思い合わせて記憶が蘇ってきたのだろうか……。

9　12月5日、運命の日

横綱・貴乃花の夢

12月5日（月）。運命の日である。生まれてはじめて体にメスが入る。医学用語で侵襲という。気の流れを断つから体はなるべく切らないほうがいいと言われてきた。しかし事ここにいたってはあらがいようがない。万が一にも失敗などあり得ないと思うが運を天にまかせるしかない。昨夜は10時半ごろ寝入ったようである。5時少し過ぎ尿意を感じて起きる。カップに2杯分も出た。ベッドに横になるとなぜかまたすっと眠りに入った。

横綱・貴乃花の夢を見る。13日目まで白星街道まっしぐらという夢だった。いまは大相撲をやっている季節ではないのになぜこんな夢をみるのだろうか。不思議である。

夢とは一体何なのか。丹波哲郎さんの説は「あの世」だという。昔の人は五臓六腑の疲れだ

と言い、現代医学はレム（ラピッド・アイズ・ムーブメント）睡眠とノンレム睡眠とがあり、90分ごとの浅い眠りの時に夢をみているという。しかし目覚めた時に覚えているのは直近にみた夢だけで、それすらも時間が経つと忘れてしまうことが多い。６時50分看護婦さんに起こされる。検温36・２度。血圧を安定させるための貼布薬を貼る。分かりやすいところというので太もも（右足のつけ根の内股）に貼る。ところが10分後の７時少し過ぎ、また看護婦さんがやってきて「腕のほうがいい」と右腕に貼る。太ももに貼ったのははがす。

初冬のこのころというのは晴れる日が多く、続く。今日も素晴らしい快晴で陽光がはっきりしている。さしずめ「手術日和」とでもいうのだろうか（当日の朝、書いた日記は以上のところまでである。このあとは術後４日目の９日にレントゲン室から自分の部屋へ戻り、思い出し思い出しして書いたものである）。

逃げ出したい衝動

家人と長男の寿文が病室へ来ている。窓から射しこむさんさんたる陽光が、とてもまぶしく感じられる。刻々と時間が近づいてくる。武者ぶるいとまではいかないが「いざ出陣」の気概は満ちてくる。

病室の前へストレッチャー（搬送用のベッド）が着く。パジャマを着替えてその上に横たわる。すると突如全身にいやあな気分が横溢する。不快な物体に体全体がつつみこまれるような嫌な感覚である。ガバッとはね起きて廊下をつっ走り、そのまま病院から外へ逃げ出したい衝動にかられた。

ほんの一瞬のことだったと思うが、逃げ出そうという気持ちと逃げてはいけないという気持ちの葛藤があった。逃げ出さなかったというより逃げ出せなかったのは家人と息子が側に立っていたからであり、看護婦さんがいたからである。廊下には医師、看護婦、患者さんもいるんだと、冷静さをとりもどそうとした心の動きも一方にはあった。

あとでよくよく考えてみると、その時の私は動悸が激しくなっていて、多分顔面は蒼白になっていたのではないだろうか。看護婦さんが気をきかせて少し早め早めに準備を進め、手術室へ向かうゴーサインが出るまでに間があり過ぎたのも、逃げ出したい衝動の原因になったのかも知れない。後日、この時のことを大山医師に話したら「その気持ちその心理状態、よく理解できますよ」と言ってくれた。そして実際に逃げ出した患者さんがいたことも教えてくれた。あわてふためいて逃げ出していく自分の姿を想像して、思わず吹き出してしまった。

目隠しで心が落ち着く

8時45分、病室前をスタート。映画やテレビで救急車で運びこまれた患者さんを搬送する時、廊下の天井を映していくシーンがある。それをいま私は現実に体験していることになる。

少し進んでから看護婦さんが「目が回るといけないから」と言って目隠しをしてくれた。これがよかった。気持ちがぐっと落ちついた。何となく宙に浮いていて不安だった気持ちがすっと落ちつくのが実感できた。廊下を進んでいる時も、エレベータに乗った時もいくつもの視線を感じたが、こちらから見えないということはずい分と心を落ちつかせてくれる。人によって違うかも知れないが、搬送車に横たわった時に目隠しをしてくれたほうが患者としては落ちつくのではないだろうか。すべての患者さんにぜひ実践してほしいものである。

失われつつある第六感

人間には5種類の感覚が備わっている。視覚、聴覚、嗅覚、味覚、触覚。これを五感と言い、この五感がそれぞれに働く器官を五官と言う。五官が見事に働いて危険を事前に察知できたりするのを第六感と言っている。直感、つまり勘である。

文明が高度に発展している現代社会では、五官の働きの代わりをする機械器具があり、自ずから第六感が働かなくなっている。大自然のなかで生活し、いつ猛獣に襲われるか分からないという危険のなかに身を置いていた時は、五官も第六感も研ぎすまされていたはずである。いまやそうした感覚は退（怠）化してしまい、危険が迫っていても、その気配さえ感じられなくなっている。そんな現代人に朗報というジョークがある。鋭い五官や第六感を蘇らせる薬が開発された。「けはいぐすり」である。

手術室の前へ到着した。家人と息子はなかへ入れない。しっかりとか、がんばれとか声をかけられたような気がする。当の本人は麻酔によって何が何やら分からない境地へ入っていくが、外で待つ身は3時間になるのか4時間になるのか……。かなりつらいものがあるはずで、代われるものなら代わってあげたいなどと妙なことを考える。

手術シミュレーション

手術台へ移されて、事前に教えられていたとおり右を向いて横になり、背中を丸めて膝をかかえこみ、海老のようになって麻酔薬を射ってもらう。こんな量（と言ってもどのくらいの量か分からないわけだが）で効くのかなあ、と心配しながら次第に意識が遠のいていった。

3〜4人の年配の看護婦さんが、キビキビと手術台の周りで立ち働いていたという印象がかすかに残っている。医師もいたはずだが記憶が定かではない。私の胃がんの手術がどのように行われたのか知る由もないが、なるほどこんな工合に進められるのかと教えられた著書がある。日赤医療センター外科部長の竹中文良先生の『医者が癌にかかったとき』（文藝春秋刊）である。竹中先生は立場上、数多くの手術で執刀してきたがご自身がS状結腸のがんにかかり、手術を受ける身となった。その時のことをシミュレーションした個所があるので、私の胃がんに引きうつして抜き書きで辿ってみた。

重要な麻酔医の役割

「器械だし」のナースが、ステンレス容器の上でそろえている100本近くのメスやハサミ類がぶつかる金属音が聞こえる。

点滴の滴《しずく》が規則正しく落ち始める。患者の左前腕に刺されている持続点滴セットの側官から、麻酔導入のための睡眠薬が注入されるのとほとんど同時に彼は深い眠りに入った。つづいて筋弛緩薬が注入されると、その手足も完全に弛緩して動かなくなる。

麻酔医は患者の鼻と口にかぶせたマスクを使って数回の人工呼吸を施し、彼の体内に十分に酸素を満たしたうえで気管内挿官を行う。そのあとに全身麻酔が開始されるが、麻酔の当初は麻酔医の手で酸素と全身麻酔薬の入ったバッグを握ったり、緩めたりしながら人工呼吸がつづけられる。

どうやら患者の状態が落ち着いたところでレスピレーター（人工呼吸器）が装着される。筋弛緩薬の効き目は20～30分であるため、彼の状態に合わせて適宜注入されてゆく。これは術中に筋肉がピクッと動いたりするのを避けて、手術をしやすくするために用いる。

手術中の患者の全身状態の管理はすべて麻酔医の責任に委ねられる。呼吸、血圧、脈拍、尿量、出血量等々が随時チェックされ、適切な補液量、輸血の是非や酸素濃度等も決定、施行される。この麻酔医の管理のおかげで、外科医は患者の全身状態をまったく気にかけることなく手術に専念することができる。

手術台に固定された患者は、まさに俎上の鯉と化している。そして昏々《こんこん》と眠りつづける。

彼の全身は濃緑色の滅菌四角巾で四方からすっぽりとおおわれ、手術野（手術する部分）だけが確保されている。煌々《こうこう》と輝く無影灯が、その脱色の手術野をぽっかりと照らしだしている。

術者のメスが光り患者の下腹部にすーっと1本血の線が走った。さらに何度かのメスやハサミが入って腹壁が完全に切開され、腹腔を大きく開けるための開腹鉤がかけられる。術者の手はまず目標である胃の下部の幽門へと向かった。

胃の切除片

何十例何百例の手術を手がけられた竹中文良先生だから、このようにご自分の手術の進行状況を書くことができたのであろう。麻酔医、外科医、看護婦、さらに時と場合によってはと待機している病理検査室の人々、輸血担当者、それぞれの専門家が手分けしてひとりの患者さんの手術に真剣に取り組んでいる。その間私はただ眠っているだけであった。

私の場合9時20分頃から手術が始まり、大きな困難（病理検査や転移など）もなく11時過ぎに完了したと、後日中島聰總先生からうかがった。完了時に手術室の前で待っていた家人と息子は、切除された私の胃の3分の2を見せられている。ふたりの率直な感想は「気持ちのいいものではなかった」と「目の前で胃をひっくり返されたのが嫌だった」であった。

リカバリー室（回復室）へ戻された時、意識が次第にはっきりしてきた。「寒い」という言葉と「胃がひきつれている」の言葉を連発したのをおぼえている。家人が傍らにいてしきりと話しかけ、力づけてくれているのもよく分かった。大山医師がベッドサイドへ来てくれたのも分かった。痛み止めを徐々に注入する装置をつけてくれた。点滴の装置は左の胸だけでなく左手首にもあり、尿道も管と直結している。血圧を安定させるという貼付薬も貼られている。毎度毎度の注射をされるたびに、「注射違反だ」と駄洒落を飛ばしていたことをかすかにおぼえている。

俎上の鯉

麻酔をかけられて手術台の上に横たわっている姿は、竹中先生が言われたようにまさに俎上の鯉である。人間は意識がないからじっとしているのだが、鯉の場合は生きているのだから意識はあるはず。にもかかわらずじっとして動かないのは、煮るなと焼くなとあらいにするなと、好きにしてくれいという潔ぎのよさを表した言葉なのであろう。これが鯛なら勢いよくはねるだろうし、鰻ならニョロリと逃げ出すだろうし、鮒ならぴょんぴょんはねるに違いない。

こんな鯉づくしがある。東京の下町で小岩という所がある。古くからある小咄で「小岩にはお寺がたくさんあるがお墓がひとつもない。なぜなら小岩（恋は）はかない」というのがある。川魚の鱒と鯉の前に長靴を置いた。どちらの魚が履いたか。正解は鱒。なぜなら鯉（恋）ははかない。

河川の汚れが目立つので、川魚が寄り寄り協議して川底を掃除することになった。鮒、泥鰌、鰻、鮎、鱒などが手に手に箒を持って掃き出したが鯉だけが働かなかった。鯉（恋）ははかない。以上同じ落ちだが話の設定がそれぞれ異なる。

端午の節句に鯉幟りをあげるが真鯉と緋鯉とどちらが上か。正解はどちらが上でもいい。「こいに上下のへだてはない」。プールに真鯉と緋鯉を並べて競争させたらどちらが勝つか。正解は真鯉。「こいは苦労（黒）が先に立つ」。

ところで鯉はほとんど目が見えない。なぜなら「こいは盲目」という。1匹何十万円だか、何百万円だかする鯉は必ず1匹でなくアベックで泳いでいる。「錦（2匹）鯉だから」。中華料理で鯉のから揚げが出てきたら、ナイフやフォーク、箸を使って食べてはいけない。全員が指でほぐしながら食べる。「こいの手ほどき」。

胃切除の手術が無事終わったことで私のがん闘病は大きな山をひとつ越えたことになる。

10　術後に思うこと

陽光の素晴らしさ

12月6日（火）。目が覚めたという表現は適切ではないかも知れない。とにかくボーッとしている。夢か現《うつつ》か幻かとよく言われるが、醒めているのかまどろんでいるのか判然としない。体中に管がまとわりついているのでうっとうしい。集中治療室というのは大部屋で術後の人が2日か3日いて出ていくところのようだ。

唸り声をあげ続けている人、大きな放屁の音をとどろかせる人、低い声で文句を言っている人、そんなさまざまな患者のベッドの間を縫うように、忙しく往き来し働いている看護婦さんたち。定期的というか規則正しくというか、いろんな処置をてきぱきと私にも施してくれる。時折、医師が受持ちの患者の枕元へきて話しかけていく。

私は意識がいまひとつはっきりしないし、体を自由に動かせないもどかしさからか（時間の経つのが遅いなあ）と感じていた。心の最深部に早くよくなりたいの思いがあり、その上に何層にもわたってここから出たい、管が早くとれたらいい、自分の病室へ帰りたい、などの気持ちが重なってのことであったろうと思う。

廊下の窓から素晴らしい陽光が射しこんでいる。様子をみにきてくれた中島医師にそのことを言うと「そのように思えて言えるということは大したもんですよ」と言われた。自分ではボーッとしているつもりなのに（多分医師も患者のその時期での状態を熟知していて）陽光の素晴らしさを指摘できるのは大したもんだと賞めてくれたのであろうか。

なぜか唇がものすごく荒れている。ひと皮めくれて部分的に剝離している。これはどういう生理現象なのだろうか。いつの間にかトロトロと寝入ったり意識が戻ったりを繰り返す。胃を3分の2切除してしまっているのだから当然違和感はあるが、ひきつれや痛みはあまり感じない。褥瘡《じょくそう》（床ズレ）ができるから仰向きのままの同じ姿勢はとるな、水は飲んでもいい、管から吸い出せるから痰はなるべく出すように、深呼吸をよくするように、等々《などなど》の注意事項を申し渡されているので、それらを忠実に守った。

わが身の一大関心事

12月7日（水）。けさも白々明けの前から目が覚めた。尿道に管を入れられているので排尿の実感がない。陽光がさんさんと射しこんできていて、中島医師とまた気持ちのよい挨拶を交わすことができた。隣のベッドの顔もよく分からない人（お互い身動きが自由にできない）から

「元気がいいですなあ」と声をかけられる。賞められたのからやましがられたのか、とにかく「ええまあお蔭さまで」と返事をする。

昨日と同じような時間の経過だが、午前と午後と1回ずつ歩くようにと言われる。正午頃と夕刻に廊下を1往復する。術後の身としては歩くという行為はそれなりに大変なことを知る。左足の甲と膝に痛みを感じる。歩き通すことはできたが痛風かな、の心配がわいてくる。

家人が3時過ぎにくる。予定ではもっと早く来ることになっていたのでみるみる不機嫌になる。こんなことではいけないと思うのだが、体調がよくないのも怒りの一因なのであろう。熱の上下がはなはだしい。血圧は安定しているが血糖値はプラス。時間の経つのが遅く感じられるのもイライラの原因となっている。看護婦さんが来るたびに時間を聞くので、抽出しにしまってあった腕時計を出されてはめておくように言われてしまった。おならが出るか、出ないかが最大の関心事となってきた。

その昔、ライオン宰相といわれた浜口雄幸が東京駅で刺客に襲われ、手術が成功して一命をとりとめ（実子からの枕元輸血）、あとは放屁が待たれるばかりのニュースが大々的に報じられたことがあった。その放屁が、まさかわが身の一大関心事になろうとは思いもよらないことであった。耳をすます必要もないくらいあちらこちらで大きな音が聞こえて、少し経つと異臭が鼻をついたが、私の場合は一向にその気配が感じられなかった。

その後、たぶん出たのだろうと思うが日記には記されていない。家人の話ではお花を贈ったのに返されてしまった人がいるという。集中治療室は一切そういう物は置けないことになっている。自室へ戻った時あらためて贈ってもらうのだそうである。

チューブが取れた日

12月8日（木）。太平洋戦争が始まった日である。「今日は何の日だか知ってる」と看護婦さんに聞いたが、これは聞くほうが無理である。怪訝そうな顔をして首をかしげていた。

大山医師がみえたので「何か変化はないんですか」と聞いた。すると「胃チューブをとりましょう」と言ってくれた。鼻から引っぱってハサミで切り、あとはピンセットでのどから引き出してくれた。思わず「オエッ」となった。チューブの先端の器具の部分をなぜか赤い色をしていると思っていたが黒であった。しかも思っていたより太かった。チューブを入れられる時「はい、しっかりと飲みこんでください」と言われながら必死になって協力（?）したことをおぼえている。そして「食道のほうに入っていますよね」と念をおされて、これまた必死になって首をたてに振っていたことをおぼえている。

気管か食道か、どちらかにチューブは入っていくわけで、苦しいには苦しいが、もし気管に間違って入っていったらこんなものではないだろうと思っての首のたて振りだったのであろう。寝ていても起きて歩く時も、何本もの管に気を配らなければならない。1本でもその管が減っていくというのは素晴らしいことである。（なくなるのは大きな変化だ進歩だと）心の中で快哉を叫んだ。

太陽は実に素晴らしい。明るい陽光をみているだけで心まで明るくなってくる。しかし廊下の向う側の部屋には陽光が入っていない。そこの病室の人たちは差別を感じているのではないだろうか。

右隣の患者さんは、どの部位を切除されたのか知らないが前立腺肥大で小用が思うようにいかないとこぼしている。そのまた隣の患者さんは「大は出るが小が出ない」と悩んでいる。昨日手術を終えて左隣へ来た患者さんは、しきりと腰の痛みを訴えている。私は褥瘡ができかかっていると言われ、寝る姿勢を極力変えるように努力した。

あらぬ勘ぐり、きつい洒落

集中治療室担当の看護婦さんは特別に忙しいのだろうか。患者への対応は決して賞められたものではなかった。全員がそうなのか個々人の性格、資質なのか、あるいは私に対応した看護婦さんがたまたまそうだったのか、よく分からないがたとえばこんなふうであった。

点滴がきれたのでその旨を伝えると、新しい瓶をもってきてハンガーにかける。あとは針をさして管の弁の調節をすればいいだけなのに、医師の姿がみえたといってそれをしないでとんでいってしまう。氷枕を頼んだ時「忙しいんだよね」「熱なんかないじゃない」とひと言ではなく、ふた言多く言った。また氷枕を持って来てくれたのはいいが、私の足元に置いたままどこかへ行ってしまう。大山医師にこれらの事例を伝えたら笑いながら「そのうち見向きもされなくなりますよ」と言われた。こちらの状態がよくなって世話をしなくても大丈夫になるという意味なのだろうが、少しばかりキツイ洒落だなと思った。

9時半頃「今日自室に戻れますよ」と言われた。正直言って嬉しかった。見たり聞いたりしていると、ほとんどの患者さんがこの部屋に5~6日いる。私も早くて10日頃かなと思っていたのが、8日目に戻れるというのだから早いほうである。何人かの患者さんが出ていった。ところが私に声がかからない。

11時半になってしびれをきらし催促する。なぜさっさと自室へ戻れないのか。手術をした5日から今日までの4日間、まるまる空いてたわけだから病室を効率よく利用するため又貸し（?）していたから、その片づけに手間どっているのではないかと、あらぬ勘ぐりをしたりした。いくら気が立っていたからといって、後で我ながら情けない性根をしていると思った。

熱と痛みとモルヒネと

歩いて帰るつもりだったが足が痛くてとても歩くどころではない。ベッドから降りるのがやっとで車椅子の世話になる。荷物がまた多くてふたつの袋にいっぱい。台車で運んでもらう。自宅へ帰ったわけでなく、同じ病院のなかなのに自室ということで何となく落ちつけるから不思議である。しかし、術後の後遺症といえるのかどうか分からないが、次から次へといろんなことが起こった。

まずは足の痛みを何とかしてほしいのだが、大山医師不在でがまんを強いられることになる。それでもウトウトとまどろむのだが、急に心臓が高鳴りだして目が覚める。ドキッドキッと搏《はく》動《どう》がはっきり感じられる。けさ方隣の患者さんがしきりと不整脈がでると話してくれたのを思い出す。

熱も高くなってきた感じがする。そういえば昨夜は汗をびっしょりとかいて夜中に看護婦さんに拭いてもらったことを思い出す。そうそう一昨夜はとても怖い思いをした。夜中に寒くて寒くて体がふるえ熱をはかったら38・6度もあった。パジャマの着替えに手間どっての熱発で

（肺炎になったらどうしよう）という思いがチラッと頭をかすめた。

午後、大山医師がきてくれて「ボルタレン」（鎮痛剤）の座薬と湿布薬を指示してくれた。それを使うことで足の痛みは解消された。家人と二女のともみがくる。お花を贈ってくれたホサカ薬局の保坂俊文先生にお礼の電話をする。「張りのあるいい声ですね」と感嘆してくれた。これは継続的に体内へ注入されているモルヒネのお蔭であった。術後の痛みがどのくらい続くのか分かっていて、その間モルヒネがきれないよう体に装着してくれているのである。このあとモルヒネがきれてリバウンド現象が起こり声の張りも艶もなくなることを経験した。

イボはホントにうつる⁉

尿道への管が昨日はずされて自分で小用を足すことができるようになった。しかし思うように用を足せない。なかなか出てこないのである。気長に待つしかない。

子どもの頃、ミミズに小便をかけておチンチンが赤く膨らんでしまったことを思い出した。ミミズを水できれいに洗えば治ると聞かされて、小便をかけたミミズではないのだが、別のミミズを洗い、治ったことを覚えている。あれは一体何だったんだろう。

イボはうつると言われて、友だちの手の甲から自分の手の甲へうつすのに成功（?・）したことがある。顔にハタケができたり頭にシラクモができたり、子どもたちは一様に青っ鼻をたらしていたが、戦時中で栄養状態が悪かったからなのであろう。いまにくらべれば環境衛生も公衆衛生も数段劣っていた。こんな川柳があるのを思い出した。男性の立場である。

いまはただ　小便だけの　道具かな

読み人知らずだが読み手には二説ある。高齢者説と若者説である。高齢者が詠んだのだと言えば説明の必要はない。自然現象でお説ごもっともといったところである。若者説は太平洋戦争の最中に南方の小島に着任、女っ気がまったくないところから詠嘆したということになる。いずれにしても切実である。

電話で話したりテレビをみたりという行為は抵抗なくできるが、何かを書いたり考えたりという行為は億劫に感じられる。手がけたとしても長続きしない。体力もさることながら、気力に欠けるところがあるのであろう。新聞には目を通すが本を読むところまでいかない。よしっ読もうと思って持ちこんだ本はまだ1冊も開いていない。このまま持ち帰ることになりそうである。

テレビは時代劇が好きなので「遠山の金さん」とか「水戸黄門」などをみる。今夜は特別番組「エイズの時代」をみた。夜中に汗をびっしょりかいたのと、右下腹部にさしこんである管から汁（体液）がたくさん出たのとでパジャマを着替え、あててある布も替えたのだが、朝方にもう一度同じ騒ぎとなった。シーツも濡れてしまって替えてもらう。この騒ぎは当分続くことになった。

11　真言、唱える

悪戦苦闘の日々

12月9日（金）。胃の上部（噴門部）3分の1を残して中・下部（幽門部）を切除された人間は世界にそれこそごまんといるであろう。その一人ひとりがまったく同じ術後の経過を辿るとは考えられない。

私の場合は私だけの体験なのかも知れないがなにしろ痛み、不快感、脱力感が断続的に襲ってきて悪戦苦闘の数日間となった。胃を全摘された人にくらべればたとえ3分の1でも残ったのだから「良し」とせねばと言われた。そして下部を切除されたほうが（つまり上部が残ったほうが）いいのだとも言われた。

生理学的に根拠があることなのか、上部は丈夫につながるからなのか、よく分からない。人は何でもよいほうに考えたほうがいいのだから根拠の有無はともかく「よかった」と思っておけばいいのであろう。

朝、何時だったか記してないがレントゲン室へ行くようにとの連絡を受ける。行くつもりになったところへ大山医師がみえた。無気力になっているので何かを指示されてもすぐ行動に移れない。大儀で怠惰な気持ちをふるい立たせて「行くぞ」と自分で自分に言い聞かせる必要がある。やっと行く気になったところへ大山医師がみえたので、遅れる旨を連絡してほしいと看護婦さんに頼む。

とにかく膝が両方とも痛い。まずは鎮痛剤の坐薬である。それと右の脇腹から管を通って出てくる体液の量が馬鹿にならない。いまが一番多く出る時期なのだというが、驚くべき量である。水分を十分に補給しないと脱水症状になるのではないかと心配になる。点滴（中心静脈栄養）は続けているが……。

麻酔とリバウンド

髭を剃る。久しぶりにさっぱりする。車椅子でレントゲン室へ。情けないが膝が痛いのだからどうしようもない。廊下や待合室でいろんな人にみられたが髭を剃ってきてよかったと思う。病室へ戻って寅さん対談の赤字校正をする。

痰をとってもらい、さらに気力がよくなったところで誰彼に電話する。まだモルヒネの威力が残っていて張りのあるいい声が出た。とても術後とは思えないと言われる。生身の体はどこであろうと切れば痛い。手術時は麻酔をかけているから痛まないが、効き目が切れれば当然痛くなる。しかしその痛みも時間が経てば薄れてくる。その薄れるまでの期間、断続的にモルヒネを注入しておけば患者は楽である。

いまの医療は痛まないようにそうした配慮を施してくれている。寅さん流に讃辞を呈するならば「見上げたもんだよ屋根屋の褌、大（田へ）したもんだよ蛙の小便」ということになる。しかし麻酔が切れると見事にリバウンドがやってくる。これと闘って乗り切るのがまたひと苦労である。

年内の私の都合のつく日に講演をと頼まれていた一件がある。術後の体力の回復次第をみてと思っていたので日程を決めていなかったが、行けるかどうかを含めて結論を出さなければならない。『花も嵐も』の高橋良典編集長と電話で話した時、相談すると「無理をしないほうがいい」と言われ、家人からも「ことわったら」と言われて断念することにした。

この時期は連夜にわたって忘年会が聞かれている。私が設営した会もいくつかあって手帳に会名、会場、時間が記入されているがすべてにバッ印がついている。クラシックコンサートや演劇鑑賞も記されているが、すべて私は出ることができない。まことにもって残念だが、生命をとりとめたのだから、いずれ元気になったらいくらでも行けるようになると慰める。

歩くようにと言われているので、ガートル台を引っ張ったり押したりしながら廊下を縦横に、またエレベーターで屋上まで行って外の空気に触れたりする。寝たり起きたりテレビを座って見たり、何となく時間が過ぎていく。夜9時頃、大山医師がもうひとりの若い医師と共にみえる。痛み止めの注入液がなくなったということで管をはずした。酸素の管もはずす。残るは点滴だけとなる。そうそう小水が出ないというので、茶色の管もしていたがはずすことになった。

血液不凝固剤を入れて一応閉じた。

もとの〝黙〟阿弥

12月10日（土）。午前2時近く看護婦さんに起こされる。一連の検査と腹あて布のとりかえ。またまた大量に出ている。汗はかいていない。気分が悪い。リバウンド現象なのであろう。血糖値はマイナスになっている。それなのになぜ両膝が痛いのか。痛風との診断だが、なぜいまこのような痛みが出ているのか。痛風は美食家がかかるぜいたく病と言われているが、ここしばらくは普通の食事さえ摂っていない。大山医師も「おかしいですね」と言う。

しばらく寝て6時検温で起こされる。その前4時40分頃小用で起きた。便座にしばらく座っていてやっと出たが、もうひとつ待望のものが出た。実に情けない小さな音ではあったがとにかく出た。正直言ってホッとした。

寝ても覚めても気分の悪さは続く。完全なリバウンド状態。いつこの状態から抜け出せるのか。「体温が安定したら食事を出しましょう」と大山医師は言うが、食欲など皆無である。とにかく気持ちが悪い。

ベテランの看護婦さんはこうした患者を見慣れているのだろう「一本射ちましょうか」と言ってくれる。この親切は身に沁みる。一本射ってもらえればたちどころに楽になるのだろう。気持ちの悪いのなんかどっかへ飛んでいってしまうのだろう。しかしその効き目が切れたらどうなるのか。もとの黙阿弥でいまの状態に戻るだけである。ならばここは我慢のしどころであろう。

やせ蛙　負けるな一茶　ここにあり

の句を思い浮かべる。けさも痰はうまくとれた。水道の水でうがいをするがあまりよくない。すぐ乾（渇）く感じがする。家人が持ってきてくれたミネラルウオーターのほうがいくらかいいような気がする。鎮痛剤の坐薬を入れてもらうが痛みは一向に消えてくれない。家人も気にしていて肥満がテーマのセミナーに出たら、痛風の原因のひとつに外科手術があったと電話で教えてくれる。これは初耳である。しかも膝に出るのが特徴という。まさにいまの私にドンピシャリである。大山医師にも伝えねばと思う。

ひと頃、おいしい物を食べすぎると痛風になると言われていた。ホウレン草、チリメンジャコ、焼鳥のレバーの3種類がいけないとも言われていた。最近ではプリン体が原因と言われビールなども控えるようにというのが痛風対策であった。ところが痛風の原因は肥満、過労、栄養過多と偏り、ストレスそして外科手術と明らかにされたのだから対策の立てようがあろうというものである。

狂歌あしたか⁉

けさ7時過ぎの小用で、すっと出てくれた。術後はじめてである。尿意があっても初発まで待たされていた。出はじめても途切れることがあった。それが待つことも、途切れることもなく出し切れた。嬉しい徴候がまたひとつ増えた。血糖値も試験紙でマイナスになったと看護婦さんが教えてくれる。

9時過ぎ病室のにおいが気になり廊下へ出る。出たら歩いてみようという気になり縦横に歩いてくる。気色の悪さ気分の悪さが消えたわけではないが、ベッドに横になるとすーっと眠りに入れた。1時間ほど寝たのだろうか10時過ぎ大山医師と、もうひとりの若い医師がみえた。すばやくガーゼを取りかえてくれる。

おならが出た話をすると「お粥を出しましょう」と言う。痛風の原因の話も伝える。退院して普通の生活に戻っても気をつけなければならない食べ物は？　と聞いてみる。原則として何を食べてもいいのだが消化の悪いもの、たとえばイカ、タコ、コンブ、コンニャクの4つは避けたほうがいいという。

かつて腸閉塞を起こして救急車で運びこまれた女性がいて、3日経っても症状が改善しないので開腹手術をしてみたら、駅の売店などで売っている噛み昆布が3箱分か4箱分ぎっしりと腸内に詰まっていたという。頭がおかしくなっていて、よく噛まずに飲みこんでしまった結果の腸閉塞だったわけだ。

私の場合は胃が3分の1になってしまっていて、胆嚢も切除されてしまっているのだから消化の悪いものは極力避けなければならない。アルコールについて聞くと、ビールなどの発泡系と日本酒などは避けたほうがよく、強いてあげればワインかなということであった。かつて胃潰瘍で胃の3分の2を摘出した知人が退院後アルコールを口にしたが、どれも味がしないというかおいしいと思わなくなり、それっきり飲まなくなったと言っていたが、はたして私はどういうことになるのだろうか。消化の悪い4種類を食べてはいけないという戒めの狂歌を一首ものにした。

胃切除後　食べてはいけない　物四つ　昆布蒟蒻《こんにゃく》　烏賊《いか》と章魚《たこ》なり

リバウンドについては「ある」ということを大山医師から聞かされていた。しかし、こんなにひどいものであるとは思いも及ばなかった。そこで詠んだ歌一首。

手術終え　なんのこれしきと　思えども　体力落ちて　気力も萎えた

手術をした5日から9日までの5日間は、口からの食べ物は一切とることができなかった。6日目の昼にホットミルク（甘く感じる）、ミルクチョコレート（キャラメル様の味）、ヨーグルト。いずれも量は少なくてふた口くらいだが胃が驚いているように感じた。コンソメスープ、おもゆ、お茶はいずれも3口くらいの量だった。とにかく一所懸命に食べたというか、飲んだので夜にいくらか影響が残った。おもゆ、味噌汁、スープ、ミルク、トマトジュースが少しずつ出たが、なぜか持て余し気味となった。

あぶない〝虹〟

12月11日（日）。寝ている時でも気分がすぐれない感じ。起きて意識がはっきりすると、なおさら気持ちの悪いのが際だってくる。朝食はおもゆ、味噌汁、ミルク、ジュース。昼食も夕食も同じような献立だったが、卵料理は食べることができなかった。大山医師に血糖値が上がった原因だと言われたが、家人がもってきてくれた、りんごとグレープフルーツはおいしかった。味覚がだめになっていないことを確認できた。

リバウンドの状態はしつこく続いているので気分転換をはかるしかない。起きたり座ったり寝たりを繰り返し、番組欄をみてテレビをたまにつけて気を紛らす。時間が早く経つことを切に祈っている。食欲はない。真言を唱え、念仏やお題目を代わるがわる唱える。

吐き気がし、痛風が痛み倦怠感が全身を覆ってくる。耐えきれなくなり、こらえきれなくなってくると低い声で力をこめて真言を唱えた。不動明王の御真言である。

のうまくさんまんだばざらだん　せんだまかろしやだ　そわたや　うんたらた　かんまん

これを何度も何度も繰り返す。両手の指で印を結び一心不乱に唱えるのだが、いわゆる三昧の境地に入りきれない。煩悩の塊というか修行が足りないというか……、われながら情けない限りである。不動心を持てない間は浮動心と言うのであろう。

お寺の本堂は広くて暗い。大きな柱と柱の間には障子があって外は明るい。1匹の虻が障子の桟を右から左へ、左から右へとぶんぶん羽音をひびかせながら、何とか外へ出ようとしている。よく見ると柱と障子の間は両側とも少しずつ開いている。虻が少し体を後へ移せば、その隙間が見えるはずである。ところが障子紙にぴったりくっついて、何とか明るいほうへ出たいと飛んでいるので一向に埒があかない。いたずらに足掻くばかりである。

難問に直面したら一旦身を退いて視野を広げて見渡せば、解決の道が見えてくる、開けてくるという教訓としてこの虻の話ができている。お寺の本堂で虻にかかわる話なので「南無虻陀仏」というのがオチになっている。

12　術後の不安

ナースも患者も十人十色

「抜糸はいつ頃になるのかなあ」と看護婦さんに聞く。「普通は術後1週間ですよ」という答え。しかし看護婦さんもいろいろだなあとあらためて思う。いろんな施術のうまい人へたな人、心のこもっている人いない人、その日その時で対応が違う人、感じの良い人悪い人、若い・年配、既婚・未婚と、本当にいろんなタイプの看護婦さんがいる。

患者にも老若男女いろんな人がいるのであろう。気むずかしい人、気が短い人、気が立っている人、などなどでなかにはセクハラまがいの行為に及ぶ者もいると聞いた。まあ患者を代表（?・）して私からひと言、言わせてもらうならば、不器用な女性には看護婦さんになってほしくない。注射を射つにしても、血液を採取するにしても、どうにも危なっかしくて見ていられ

ない場面がある。患者に恐怖心を起こさせるような看護婦さんは願い下げである。
映画や演劇で明らかなミスキャストという場面があるが、医療の現場では絶対にあってはならないと考える。これは何も看護婦さんだけの問題ではない。どうしてこの人が医師になったのという場合もあるのではないか。器用さとか技術的な面だけでなく、心根というか気組みというか、精神構造上から白衣を着るべきではなかったという人が存在しているのではないか。
適性、資質は大事である。命はひとつしかない。その医師にかかったのは不幸であり、宿命であり運命のいたずらであると片づけられては、患者としてたまったものではない。的確な診断が下せない、満足のいく治療を施せない、手術を間違える、といった事例が跡を絶たない。なかには患者を見下す医師もいる。どういうわけか威丈高なのである。

実るほど　頭を垂れる　稲穂かな

本当に偉い人というのは決して偉ぶらない。謙虚である。偉そうにする医師がいるのはなぜかと考えたら、医（偉）大を出ているからだというジョークがある。ついでにもう一句。

実るほど　背筋をのばす　麦穂かな

このところ晩節を汚す人が増えている。功なり名を遂げてなぜつまずくのか。しゃきっと背筋をのばして晩節を全うしたいものである。「花は桜木、人は武士」「終わりよければすべてよし」。散りぎわの潔さが大事である。華々しい最期の人も、ひっそりと逝く人も、後ろ指さされたり、指弾されたりしないことを心がけるべきであろう。

行革に取り組んだ土光敏夫氏が「粗にして野だが卑ではない」と言ったのはけだし名言である。兼好法師は『徒然草』の中で40歳ぐらいで死ぬのがちょうどよかろうと言っている。当時の平均寿命は50歳未満、いまは80歳代となってがん年齢が出現し「生き恥をさらす」期間も増えたということなのであろうか。

来る日も来る日も寝苦しい

12月11日は日曜日。入院生活が長くなると曜日の感覚が薄れてくる。夜よく眠れないだけでなくとても寝苦しい。昼間も競馬中継、ラグビーの試合、「笑点」などを見るが、不快感はずーっとつきまとっている。体内からの溶出液は相変わらず量が多く、下着を2枚も替える。血圧、血糖値が高く何もする気が起きない。妙に鼻が敏感になっていて病室のニオイが嫌になる。ガートル台を押して屋上へ行ってみる。日は射しているが風が強い。その風向きによって煙草のニオイが鼻にくる。何人かの人が出ていてベンチに座り煙草を吸っている。私はもともと吸ったことがなく、周囲で吸っていても気にならないたちなのだが、この時はとても嫌に感じた。やはりリバウンドで体調がおかしいのであろう。

病室へ戻ったがどうしようもない感じがずーっと続いている。大声を出すわけにいかないので心の中で必死に「助けてくれえー」と叫んだ。友人知人の誰彼や観音さまお不動さん、いろんな神仏を思い描いて頼みまくった。とにかく何とかしてほしいのである。自分で自分をどうしていいのか分からない。何かしていないといられないので両のこぶしで虚空をつかんだり、右手と左手でジャンケンをしてみたり。もしどこかで見ている人がいたら「気が狂ったのではないか」と思われたことだろう。

眠れないなら氷水で遊んだら

痰の出る量が減ってきたのは有難い。そのかわりなのかどうか分からないが、くしゃみ、せき、のどのいがらっぽさが増した。風邪をひいたわけではなさそうなので、これはどういう理由の生理現象なのか。夜中の1時に腹帯をとりかえてもらう約束となっていて、その少し前に目がさめたのだが一向に看護婦さんが現れない。電気をつけて本を読む気力もテレビを見る気力もなく、ただ寝て待っているだけ。何とも言えない嫌な感じがずーっと続いていて、ついにしびれをきらしてナースコールのボタンを押す。約束をしていた看護婦さんがよそへ呼ばれて帰ってこないのだそうである。ナースセンターにいたふたりの看護婦さんが来てテキパキと処置してくれた。

相変わらず体内から出る滲出《しんしゅつ》液の量は多い。着替えてさっぱりしたので眠れるかと思ったが、そうはいかない。ベッドから降りて椅子に座ったり、またベッドへ入って横になったり、スイッチを押してベッドの角度を変えたりと、とにかく気を紛らわさないと居ても立ってもいられないのである。

3時頃だったか当番の看護婦さん（駒嶺さん）がそーっとのぞいた。電気をつけてボンヤリと椅子に座っている私を見て、さっき来られなかった詫びを言ってくれた。そして眠れないのなら気持ちを鎮める意味で、氷水で遊んだらいいと教えてくれた。コップに氷と水を入れて洗面器を用意して、口に含んだ水を飲むのではなく吐き出す。氷も口へ入れてしばらくころがしてから、ポリポリと噛んでこれも吐き出す。これはグッドアイデアであった。冷蔵庫の製氷皿の管理という仕事（?）も増えたし、ゆっくりと、とりかかれば気が紛れて何となく心が落ち着いてくる。最初は氷塊3個できりあげた。

バツの悪い「泣きべそ」

12月12日（月）。いぜんとして食欲がない。朝食のおかゆ、お椀のふたがどうしてもとれない。それを幸いに食べないことにする。味噌汁はひと口飲む。ミルクは全部（といっても少ししかない）飲む。すっぱいジュースも。思わず歓声をあげたのはヨーグルト。これはスプーンをとりだしてしっかりと食べる。

9時過ぎ大山医師がもうひとりの若い医師と一緒に来て抜糸となる。胸骨の一番下のあたりから、臍下数センチのところまで見事に縫い合わせたアトがついている。銭湯へ入ったり海水浴へ行ったりすれば、すぐに目につく傷跡である。「どうしました」と聞かれたら「帝王切開のアトです」と言っても通用するような感じである。

退院してから風呂上がりに鏡を見ると、臍の左側を切っている。縫う時に多分気を使ってくれなかったのであろう、臍のほうが下へさがってしまい、文字どおりというか、まさしくというか「泣きべそ」の状態となっている。いい湯だなと気持ちよく上がってきても、鏡に映る「泣きべそ」を見ると何だか情けなくなる。手術が終わったから、あとは縫えばいいということではなく、臍のかたちも考えてほしい。しかしこれはぜいたくな注文かもしれない。

右横腹に埋め込まれていた管（滲出液口）も抜いた。無造作にふた針縫ったが、それくらいではおさまらない。とにかく後から後から滲出液が出てくる。下着だけでなく上着まで濡れてくるので、これからしばらくは着替えで大変な思いをすることになる。

「お酒は避けよ」のお達し

大山医師に食欲がないことを告げたあとアルコールについて聞いてみる。いつ頃飲むようになれるかの問いには「退院1カ月後くらいだろう」という。1月20日である。お正月に飲んではいけないのかと聞くと「いけないことはない。飲んでもいいがビールは炭酸がありカロリーも高い。日本酒もカロリーが高いから避けたほうがいい」との答えだった。胃が小さくなっているのだから自重して無茶しないようにということなのであろう。いずれまたお酒をおいしく飲める日が来るだろうと考えて、いくらか心は明るくなったが気持ちの悪さはいぜんとして残っている。

X線室へ呼ばれたが午後にしてほしいとわがままを言う。ナースになって2年半という危なっかしい感じの看護婦さんがやってきて、吸入と吸い薬をさせられる（と日記に書いてあるが、何の目的でどんな薬であったかはまったく失念してしまっている）。これが1回目とあるので、この後も定期的にやっていくのであろう。

昼食となる。三分がゆを3分の1ほど食べる。味噌汁はまったく飲めない。コーヒーミルクは飲む。レモンひと切れ入りの飲み物は甘ったるく、ほんの少し飲む。せっかく出てきた玉子とじはまったく受け付けない。玉子大好き人間にしてこれである。いかにリバウンドがひどいかである。

雑誌『花も嵐も』編集長の高橋良典氏から電話が来る。さほど長い話ではないのに息が上がる。腹に力が入らない。食べていないということは、あらゆる力をそぐのであろう。でも午後になって書く気力は出てきた。吸引と吸い薬を終える。しかしこれをセットでやると、のどが苦しく吐き気を催すのでセパレートしたほうがよいと考える。

人の気も知らないで

少し休んでいるとX線室へ行く時間が来る。車椅子でつれていってもらう。廊下もエレベーターも大変な混雑だ。「今日は手術が多く、見舞客も多くみえている」と看護婦さんが言う。X線室の前でかなり待たされる。午前の予定だったのを、午後にしてもらったのだから文句を言える筋合いではないが、疲労感がどっと出ている感じ。やっと撮影となったが、こういう時はこういうめぐり合わせになるのか、見習いとおぼしき人を教えながらの作業となった。

撮影にいつもの倍の時間を要した。寝台から抱き起こしてもらう時、技師が点滴チューブをひっかけて継ぎ目がのびてしまった。それを知らずに病室へ戻りベッドに横になってテレビを見ていると胸のあたりが冷たくなってきた。点滴が洩れていたのである。ナースコールで看護婦さんに来てもらい、継ぎ目をきっちり閉めてもらいパジャマを着替えた。

こんな程度のことならどうってことはないが、医療の現場ではちょっとした不注意が、大きな事故の原因となることがままある。いわゆる蟻の一穴で、念には念を入れての細心の注意が必要となる。こんなジョークというかギャグがある。

看護婦さんがベッドサイドへ来てあれこれ点検し、最後に患者さんの顔をのぞきこむようにしながら「ご気分はいかがですか？　何かしてほしいことがありますか？」と聞いた。患者さんは息も絶えだえに苦しそうに「酸素の管を踏んでいる看護婦さんの足をどけてください……」。

かなりの高齢で衰弱もはなはだしい男性の患者さんを診ながら主治医が聞いた。「誰か会いたい人がいますか？」。するとその患者さんは「先生！　ほかの先生に会わせてください……」。

時事通信社をはじめ二、三電話をかけたがやはり息が上がってしまう。日頃普通に話している時は何んとも感じていないでごく当たり前に思っているが、話すということには大変なエネルギーが必要なんだなと思い知らされた。

夕刻5時頃採血。少量の血を採られたぐらいでどうってことはないはずなのに、だめである。気分がすぐれずやる気がまったく湧いてこない。読む気も書く気もゼロ。ただ寝ている。安静に寝ていることができるならいいが、何と胃痛、頭痛、関節（膝）痛の三重苦にさいなまれている。これはもう正真正銘悲痛である。

家人が来てくれたがボウーッとしていて嬉しいとか、有難いという感情が出てこない。気力がゼロという状態が一体いつまで続くのか。体のいろんな部位の痛みはなくなることがあるのか、本当に回復することができるのか、と悲観的なことばかりが頭の中でぐるぐる回っている。腹部からの滲出液はいぜんとしてとどまるところを知らない。

13　中河先生の訃報に接す

術後のもどかしさ

12月13日（火）。朝っぱらから右脇腹をふた針縫う。「まだ出ますねえ」と大山医師が感に堪えたように言うが、本当に体内から滲出液がよく出る。頻繁に下着やパジャマを取り替えることになる。血糖値を終日測る。朝240、昼180、夕方150で、インスリン注射は一応回避できた。

朝食はおかゆ、梅干しの塩解き、味噌汁には小さい麩がふたつ、ホットミルク、ジュース（何か分からないが少し酸っぱい）、ヨーグルト。昼食はおかゆ、ジャガイモスープ、あんかけ、ビスケット1枚、ヨーグルト。夜食はおかゆ、味噌汁、魚とニンジンのクリーム煮、豆乳スープ、プリン。

とにかくしっかり食べようと思うのだが、食欲がまったくない。どれも少ない量しかないのにダメである。昼食後は消化剤が3種類出る。大して食べていないが一応飲む。夜は利尿剤も出た。そのせいで2時間おきに小用を足すことになる。あたりは寝静まっていて、まことに静かである。説明のしようがない倦怠感というかもどかしさというか、とにかく居ても立ってもいられなくなり、唯一の気分転換はお茶で作った氷を口に含むことである。

ベッドで横になり、起きていすに座り、口氷で気を紛らわした。本を読む、何かを書くといった気分も集中力もまったく失われている。手で印を結びお不動さんの真言を唱えてみるが、これも長続きしない。ぐっすり眠るということができず、夜の時間を過ごすのにほとほとまいっていた。

昼間はテレビがあり、時代劇が好きなのでそれを見て過ごす。午前は「三匹が斬る」、正午のニュースと引き続いての「ひるどき日本列島」、午後は「清左衛門残日録」と「江戸を斬る」。藤沢周平原作の清左衛門は仲代達也が扮して、共演者も粒ぞろいで結構楽しめた。再放送を連日見ることができたのはうれしかった。

テレビばかり見ていたのではなく、歩行訓練にも出かけたが、膝が痛い腰が痛いでガートル台を押して歩く姿はへっぴり腰というか及び腰で、はたから見たら奇妙・珍妙な格好だったろうと思う。依然本を読む気は起きないし、家人が持ってきてくれた新聞も各頁を見るだけ。大きな見出しは読むが記事を読もうという意欲がわいてこない。

山手線の変電所で火災が発生、フィリピン航空の飛行機が那覇空港へ緊急着陸、愛知県の西尾市立中学の生徒がいじめにあって自殺、というのが大きなニュース。西尾市へは今年6月に時事通信社の内外情勢調査会で講演に行ったことを思い出す。
夕方、画家の多田祐子さんに電話する。かっぱ村の中河与一村長が亡くなられたという。享年97。お歳に不足はなく天寿を全うされたということはできるが、私は100歳までもお元気で生きられるだろうと思っていただけに驚きであった。永眠された正確な時刻は平成6年12月12日午後12時45分。

邂逅「中河与一」

作家・中河与一といえば「天の夕顔」が代表作である。昭和13年「日本評論」の1月15日発行の新年特集号に掲載された。永井荷風に激賞され、単行本になると売れに売れて大ベストセラーとなった。中河先生自身の筆による内容紹介がある。

《物語の筋は、京都が背景で、一人の大学生が年上の女性に憧れ、一生を棒にふるほどの熱烈な恋愛にとらへられる。幾度となく求愛するが、貞操堅固な人妻はそれを断はる。然し彼の憧れ、彼女に対する尊敬はつのるばかり。幾度か機会がありながら、そのたびに拒否せられる。彼は自分の気持を静めるために飛驒山中の高山に登って、そこの雪の中で一冬をすごし、逢ってもいいといふ日、訪ねてゆくと、彼女は死んでいたといふ筋であった。そこで昇天した彼女に消息するために花火をうちあげることを思ひつく……》

中河先生は明治30年の生まれで、早稲田大学の大先輩である。10代後半から文筆に親しまれ数多くの評論、小説を発表、41歳の折に超ベストセラーを出すところとなった。絵も和歌もよくされた。

私が中河先生にお目にかかることになったのは、かっぱ村の村民になったからであった。かっぱ村が開村したのは昭和50年4月16日、私はちょうどその5年後の55年4月に村民になっている。村民証のナンバーは２０６。住所・氏名を書いて、その下に「上記の者はかっぱ村の名誉ある村民であることを証明します」とあり、かっぱ村・村長中河与一となっている。裏には「村民憲章」が記されていて、これがまたなかなかの内容である。

一、村民は平等・博愛の精神に燃え、ひたすらかっぱの存在を信じて疑わないこと。
一、広くかっぱの教えを後世に伝えるため、同朋、子孫に話して聞かせること。
一、かっぱの存在に疑いをいだく人を憎んではならない。むしろ憐憫と慈愛をもって接すること。
一、村民は断えず沈着冷静に行動し、いたずらにかっぱ精神を逆なでする行為を慎むこと。

かっぱ村ふれ書き

かっぱ村開村について中河村長が書かれた一文があるので抜き書きしてみる。

（河童村といふのは河童の伝説に興味をもつ人々の集まりで、言はば荒唐無稽の世界を愛する人々によって成立した。

河童の伝説は日本国中至るところにあり、北海道のはてから沖縄のはしにまで存在する。この河童村の集団を考へだしたのは、ルポ・ライターの大野芳で、彼が助役になり、板久安信が収入役になり、ぼくが村長にならされた。

〈筆者注。昭和55年の春先に湯島中坂下の「ふた川」という居酒屋で板久さんと隣り合わせになり村民となった。私が仕事が忙しくかっぱ村と疎遠になっていた時に、板久さんが中河村長の逆鱗に触れることを仕出かし除名・追放処分を受ける。その後、河童連邦共和国をつくる。かっぱ村は中河村長を中心に存続し、現在は大野さんが2代目村長となっている。私は板久さんの縁だったが、大統領とか大臣という呼称を好きになれないし、中河先生の正統派に属したいと考え村民として残してもらった。会合があれば村会議員となり村政の一端を担っている〉

大体河童伝説の最も繁昌したのは徳川時期の蜀山人や山東京伝の時で、彼等はよるとさはると「百鬼夜行」の話をして飽きがなかった。河童伝説の中で最も知られているのは、九州の球磨川河畔の八代にある「水虎の碑」で、それには中国の黄河の上流に住んでいた水虎が、日本に来て繁殖して三千四に達していたずらをほしいままにしたので、加藤清正が猿を使って征伐し、久留米の築後川に移住させたといふのである。また「西遊記」の中の沙悟浄が河童の原点ではないかとも言はれている。

然し、ぼくは河童は完全に日本産のものであるといふ新説をたてた。これは長い間の河童伝説を批判するもので、歴史的なことと言ってよい。現在東北には蚊といふ古来からの言葉が今も残っている。これは「言海」でひくと「龍の属、蛇に似て四脚のもの」といひ、また「水神」とも書いてある。つまり空想上の動物であって、これを河童と断定することには何等の無理がない。「万葉集」にも「日本書紀」にも「倭名類聚抄」にも「海若」「海童」「蚊」

として出ている。つまり古来から河童の観念が日本に存在したということである。（中略）河童の鳴き声については、ハウプトマンの「沈鐘」の中に出てくる「ブレケケケス」というふことにしている。ついでに河童の特長をあげると「顔は虎に似て、口はとがり、耳とへソがなく、背中には甲羅。手足には水かきがついており、頭には皿があって、これに水があれば千人力、水が無くなると無力。身体は子供位の大きさ」といふことになっている。色は褐色であるといひ、青いとも言はれている。好きなものをあげると、きゅうり、竹の子、西瓜、ソウメンなどで、角力を好み、約束をよく守るといふ。

大体ぼくらが河童村をつくった原因は、荒唐無稽を愛したいところから出たのは勿論であるが、日本文学に少ない超現実といふこと、空想といふものを、文学の世界に新しく取り返したいといふ願いからでもあった。

日本文学には由来、多く現実の記録、歴史のみが存在したやうである。本当のフィクションとしては「源氏物語」「日本霊異記」「梁塵秘抄」「新古今集」「雨月物語」などをわずかに数へる程度で、ヨーロッパの「ガリバー旅行記」とか「宝島」とか「ドン・キホーテ」や「黄金の壺」やアラン・ボーの諸作や「影を失った男」や中国の「聊斎志異」や「西遊記」のやうな作品には乏しいのである。

そこに河童村発足の原因があったと言っていい。言ってみれば、文学とは常にクリエートでなければならぬといふぼくの平生の立場から、現実以上のものに心を向けたいといふ意向からであった。

明治以降の作家で言へば、泉鏡花、芥川龍之介、佐藤春夫、内田百閒、火野葦平、安部公

房などが我々の徒ではないかと思っている）

病床にて冥福す

中河村長の成城のご自宅に村民が集まって時の経つのを忘れて、談笑した日々を懐かしく思い出す。大野さんのように中河先生のお弟子さんもいれば文学関係の方もみえる。国会議員、落語家、会社社長、公務員などなど文字どおり多士済々であった。

私もその一員に加えていただき青森県三沢の古牧温泉（杉本行雄社長）で毎年7月に開かれる「河童龍神祭」にご一緒したり、開村15周年記念行事を神田の学士会館で盛大に開催したりと、それなりにお手伝いできたことを覚えている。

90歳のお祝いを「卆寿」と言い習わしているが、そしてその案内が配られたのだが、荒垣秀雄さんが卆は卆中とか卆倒とかに使われて縁起が悪い。九という字にこだわるなら鳩にも九があるから「鳩寿」に言い換えようと提案され、お祝いの会場の看板はそのように書かれていた。各界から多数の名士が出席し、もちろんかっぱ村の村民も大挙参加してそれはそれは楽しいパーティーであった。

世の常の　はめをはずせる　河童殿　いたずらしても　楽しくあれよ

中河村長のかっぱに寄せる心情である。ほのぼのと慈愛に満ちた心根が伝わってくる。「かっぱ村広報」が年6回奇数月に発行されている。平成7年1月1日号の1面トップの記事は中河村長の和歌で始まっている。12月のまだお元気だったころに書かれたものである。

一つずつ　歳をかさねて　新春に　九十八才　亥年めでたき

平成7年はかっぱ村開村20周年にあたる。記念の行事をどのように計画し実行するか、中河村長も胸の中でいろいろと考えていらしたはずである。「新春を迎えて」と題する一文は次のような内容であった。

「新年のおよろこびを申し上げます。かっぱ村も本年は二十周年記念行事が開催されるので一致団結して計画されている様子、皆々はり切っていられるようで嬉しく思っております。亥の年にならひ、元気で何事にも勇気を出して突進し、未知の分野を開拓してゆく意気込みを期待して止みません」

中河与一先生の通夜は18日、告別式は19日に行われると知ったが、いまだ病床にある身としてはとても伺うどころではない。残念だが、はるか小田原の空に向ってご冥福を祈るばかりであった。かっぱ村の人たちは「なぜ松井は来ないのだろう」と一様に疑問を抱くというか、不思議に思うことだろうと心が痛んだ。ＮＨＫは午後7時のニュースで中河与一先生の訃報を伝えた。

14　8本の管《チューブ》

焦らずあわてず

12月14日（水）。検温で起こされる。大山医師が来てくれたが、オペの日ということで何もしないで行ってしまった。昨夜は「まだかなり滲み出てきますねえ」と言いながら1針縫ってくれた。これで計5針である。チクリとした痛みで、大の男としては痛いと言うほどのことではないが、麻酔もしないで（?）いとも気軽に腹部に針をたてるというのは、それなりにプレッシャーがあり、ストレスになっている。5針も縫ったのに夜半に濡れた下着をまたまた取り替えた。

大映版オールスターキャストの「忠臣蔵」を見た。朝になって腹帯もぐっしょりと濡れているので、下着を一式取り替えることになる。熱いタオルをもらい体を拭いた。この時のことを

日記に「自分で体を拭くことができた！　それに下着やパジャマを自分で出してひとりで着衣することができた！　よかった！」と書いている。ということはそれまでは看護婦さんにやってもらっていたことになる。術後というのは実に無力で、ひとりで着替えができるようになるのに10日もかかっている。

膝頭の痛みがかなり消えてきた。家人が休日ということで午前中に顔を出してくれる。二女のともみも来てくれたので第一製薬東京支店の地図、住所、電話番号などを書き「寅さんファンクラブ」のチケットを届けてもらうことにする。映画の切符を拡売するのもファンクラブの活動の一環で、エーザイその他にもかなりの数をまとめて買ってもらっていた。私が最高に売った枚数はある年の１２００枚余であった。

空は青く高く快晴であった。依然食欲はなかったが、がんばって食べるよう心がける。中島聰総先生がみえて『胃がんの手術一万例』という本をいただく。医療ジャーナリストなのだから何かの時に役に立つだろうと、癌研附属病院で行なわれた1万例の胃がん手術についてまとめた本であった。

食事に苦労していると話すと「焦らずあわてず、ゆっくりと食べられる量を食べればいいですよ」と穏やかに言ってくれた。中島先生の患者さんで歯科医の方がいて、胃を切除して順調な経過で回復したので、本人の希望もあり10日で退院されたが、はりきって食べ過ぎて縫合したところが切れてしまって、再入院という騒ぎになった例があるという。

「縫い目が切れるほど食べる自信は今の私にはないから、その点は心配ありません」と中島先生に言ってふたりで笑い合った。

自由がまたひとつ

このごろ、時折頭が痛くなる。なぜなのか気になる。尾籠な話で恐縮だが、今日はかなり力のこもった放屁ができた。便もしっかりしたのが出た。利尿剤服用のせいで小用もよく出る。色が昨日までと異なり薄黄色になった。便座にスムーズに座れるようになる。膝の痛みが消えてきたのだ。

高橋良典さんから「ランの花」が届く。きれいだ。電話がかかってきてお歳暮だという。それで思い出した小咄がある。キリストが生まれたのは12月25日。母親のマリアは人類に最大の贈り物をしてくれた。それで聖母（歳暮）マリアと言われる。

良典さんは新潟日報の第1面の下段に「日報抄」というコラムがあり、そこで『花も嵐も』で連載している「寅さん対談」を取り上げてくれていると言い、電話で読み上げてくれた。うれしかった。

ランの花でいくつか面白い話がある。数ある花のなかで一番長持ちするのがランの花であり、それで「ロング・ラン」という。1度咲くと3年は持ちますよと言うと、いくらなんでもそれはオーバーだと言われるので「胡蝶（誇張）ラン」ですと答える。ランの花は洋花で、いつ日本へ渡ってきたのかというと室町時代。「応仁のらん」という。もっと古いと言えば「壬申《じんしん》のらん」という答えもある。

書く気力は戻ってきたが読む気力はまだ。そこでテレビを見ることになる。「三匹が斬る」、「方丈記」（教育テレビ）、「清左衛門残日録」、「江戸を斬る」などを見る。3回目の吸入を終えて日記を書きはじめたが、ここでやっと追いつくことができた。今のことを、今書いているという状態になったということである。

午後2時過ぎ大山医師がみえて、左胸上の中心静脈へ入れていた点滴の管を抜いてくれた。これでまたいくらか自由になった。管が1本なくなるたびに解放感を味わえる。この喜びはかなりのもので決して「くだらん」などと言えるものではない。3時におやつが出た。煮リンゴ4分の1、ミルク3分の1。あすは10時にもおやつが出るという。

朝食はおかゆ、味噌汁（うまいと感じる）、ホットミルク、ホットレモン湯、煮物は卵豆腐とグリーンピース。

昼食はおかゆ（5分）、里芋1個（半分食べる）とエンドウ豆2房、ピーチ2切れ（1切れ食べる）、焼魚3分の1（4分の3食べる）、ホウレンソウ少々（全部食べる）。

夜食はおかゆ、おすまし（エノキ、ニンジン、ネギ、麩）、ホウレンソウ、卵焼きのくず煮。全部食べることができた。

回復への兆し

夕方の採血で血糖値が165。まだ高い。看護婦さんは「点滴の影響もあるから」となぐさめてくれる。午後ずーっと頭が痛かった。家人がドライシャンプーをしてくれたからかなあ、などと思ってしまう。夜の食事が終わって食器を持っていくが、点滴のガートル台がないので何となくもの足りないというか頼りなく感じる。階段のところを通りかかって昇降してみようかと思ったが、自信がないので思いとどまる。

大山医師がみえて、まだ滲出しているのでまた1針縫う。これで6針だ。これで止まってくれるといいのだがと思いながら寝入ってしまう。8時ごろなぜか目が覚め消化薬を3種類飲む。「銭形平次」を見る。軽い頭痛が続いているが、不快感はいく分薄らいできている。全体としては良くなっている感じがする。

9時のニュースで、アジア大会における中国選手の好成績はドーピングによるものだと伝えていた。筋肉増強剤のテストステロンを使っていたというのである。勝つためにはあらゆる努力を積み重ねる、あるいは手段を選ばない、人間とは本来そうしたものなのかどうか、考えてしまう。努力したり精進したりした結果、報われるというのが普通である。天賦の才能を持っている人、たとえば速く走るということにかけては、誰にも負けない人がいるとすれば1等賞を取れる。

ただ単に駆けるということだけでなく、ボールを蹴る、打つ、守る、運ぶなどほかの要素が加われば、それに付随する技術を身に付けなければならない。「玉磨かざれば光なし」の言葉どおり何事にも切磋琢磨が必要となる。その結果、栄えある勝利を手中に収めるというのなら万人が賞賛の拍手を送る。ところが目的のために手段を選ばないとなると、決して褒められたことではない。結果を目的に置き換えるからおかしくなる。学業の成績が優秀だから優等賞をもらえる、1日も休まずに登校したから皆勤賞をもらえる、これは結果である。

ところが結果である優等賞や皆勤賞をもらうことを目的にすると、そこに微妙なひずみが起こってくる。無理が生じてくる。このところの道理をわきまえる必要がある。

腹部を大きく割いて胃を3分の2切除する、さらに胆嚢も切除、付近のリンパ腺も切るとなれば大手術であり、身体への侵襲度はかなり大きいといえる。患者の体内のすべてが術者に見えているのであろうか。神経の細い線とか、傷つけてはいけないちょっとした部位とか、知らず識らずのうちに切ったり、傷つけたりしていることはないのであろうか。

なぜこんなことを考えたかというと、ベッドに横になっている時、両足首がなぜか上向きに動くことがあるからである。ピクッピクッと2〜3回自動的（?）に動く。なぜなんだろうと思う。

手術後はいろんなことが起こっている。高い血糖値、膝の痛み、頭痛、尿は間欠的《かんけつ》に出る、意欲は低下し不安は高まる。心と体の混乱状態がずーっと続いている。しかし、これはある程度時間が経たないと良くならないのだろうと、理屈では分かっている。今日は尿意をはっきり認識して、勢いよく出るようになった。

看護婦さんが来て「腹帯を見てみましょう」と言ってくれる。調べてもらうと滲出していないという。やっと止まったわけだ。よかった。これも回復への兆しのひとつである。今夜は夜中に目を覚ますことなく、ぐっすり眠れるかなと思う。

「指を1本出してほしい」という。左手の人差し指を立てる。太い針でチクリと刺された。意外と痛いものである。出てきた血液を試験紙上にたらして測定器へ入れる。うまく作動しない。「血液が足りないのかしら」と独り言を言っている。「採血していいですよ」と私。いつもどおり右手の肘の内側から採血して測る。１６５。血糖値がどうして高いのか……。

就寝して1時間かそこいらで目が覚める。午前1時半。胃の切除したと思われる部位が痛む。といっても本来の痛みではなく、どちらかというと「つかえ」ている感じ。しかし「大つかえ」である。そしてなぜか右の足首がとてつもなく痛い。こちらは本来の痛みである。目が冴えてしまったが、本を読む気分はなく、書かねばならない手紙があることを思い出したが、その気力もない。

チューブはもうこりごり

12月15日（木）。6時20分ごろ起きる。小用を足して少し待っていると検温のアナウンス。36・8度。テレビをつけてカーテンを開けてしばらく待っていると看護婦さんが現れた。血圧は73〜130、採血（血糖値）は147、脈拍も測る。こうした測定は今夜の分で終わりという。右脇腹からの滲出液はかなり少なくなっていた。朝食はすべて食べる。おかゆ、味噌汁（菜とモヤシ）、凍り豆腐2切れと大根葉の煮びたし、梅干しかと思ったらクルミ味噌のようなもの。

レントゲン室へ。仰向けに寝ての腹部を1枚。立っての腹部と胸部、横向きのも1枚ずつ。腹部撮影の時は大きく息を吸って吐き出して、止めて撮る。胸部の時は大きく息を吸って止めて撮る。

昼食はパンが1切れ。ジャムとバターがあったが食べず。ポタージュ。トリ肉とキャベツとインゲンのいためものではトリ肉を食べず。食後押し出しのかたちで軟便がかなり出た。脇腹からの滲出液がまた少し出ている。完全に止まったわけではなかったのだ。1時間ほど午睡。「清左衛門残日録」「江戸を斬る」を見る。今日はいくらか気分がよくなっている。自分の体に何本のチューブがつながれていたのだろうか。思い出して書き出してみる。なんと8本である。

鼻から胃へのチューブ。鼻へ酸素のチューブが2本。背中に痛み止め（モルヒネ）の点滴。左胸上に中心静脈栄養。左手首へ点滴。右胸にパッチ。右脇腹からの体液滲出口としての管。尿道からのパイプ。

夜食はおかゆ、おすまし（卵豆腐、ニンジン、シイタケ）、サバの焼いたのとほうれん草、チクワブとカボチャの煮物。

「遠山の金さん」「荒野の用心棒」「赤穂浪士は有罪か」を見る。床へ入るがよく眠れない。ロ氷で気を紛らわす。なぜか1時、3時、5時と目が覚めて巡回に来た看護婦さんと言葉を交わす。忠臣蔵では落語にこんな小咄がある。

赤穂浪士の墓は高輪の泉岳寺以外にも、それぞれゆかりのところにあり大事にされている。吉良上野介の墓は叩かれたり、削られたりしてかなり傷んでいる。そこで大きくて頑丈な石で建て替えることになった。夜半吉良様が和尚さんの夢枕に立って今のままでいいと言う。理由を聞くと「大きな石はもうこりごりだ」

15　退院近し

栄養指導始まる

12月16日（金）。検温の時間ですというアナウンスで起こされる。測って（36・8度）からまた眠ってしまった。看護婦さんが来て起こされる。テレビをつけてもらったら7時12分だった。血圧（正常）、採血、脈拍を測定してもらう。

洗顔をすませてから自宅へ電話を入れたが、家人が出た後だった。廊下の窓から道路を見ていると自転車で颯爽と乗りつけてきた。健康であるということは、実に素晴らしいことである。病室へ来た家人が浮かない顔をしている。自転車の鍵がないのだという。どこかで落としてしまったのか。病院の庭に停めてあって、そんなに長い時間置いておくわけではないのだから大丈夫だろう、盗まれないだろうと慰める。

朝食はおかゆ、みそ汁（かぶの実と葉、ネギ）、玉ねぎとえんどうと玉子、キュウリとしらすと大根おろし。ゆっくりとしっかりと食べることを心がける。大山先生がみえて右脇腹をもう1針縫う。これで7針目である。痛い。昨夜も下着がかなり濡れてとりかえている。これで止まってくれるといいのだが……。食事が全がゆになったら退院ですよと言われる。

退院後の食生活についての栄養指導を、早ければ今日の午後、遅くとも月曜日（19日）には受けてほしいと言われる。体を自分で拭いてすっかり着替えて、吸入の訓練をし気管支縮小抑制剤を吸う。テレビで「三匹が斬る」を見る。

あまり面白くないなと思っているところへ看護婦さんが来て、栄養士さんが今日の2時に会ってくれるという。家人にも立ち合ってもらわなければならない。

体の調子はというと、胃部不快感はずーっと続いている。この感じは当分（といってもいつまでなのか分からないが）続くのだろうなと思う。本来あるべきものが切除されて3分の2もなくなっているのだから、やむを得ないのだと思う。体全体の脱力感というか無力感が相変わらず続いている。少しも軽減されていない。及び腰でなければ歩けない状態も続いている。けさの採血結果では尿酸値2・6、正常植が7・6だからかなり下回っている。これまでにも5・8とか4・7とすべて低い数値が出ているのに、痛風様の腫れと痛みがひかないのはどういうわけなのだろう。幸い右足首の痛みはいくらかやわらいできている。咳払いをする時もいくらか力をこめることができるようになり、大きな痰を出すことに成功した。

午後2時少し前に地下1階の栄養科を家人と一緒に訪ねる。責任者は男性で約30分間いろいろと注意事項を聞く。要約すると次の5項目となる。

1. 何を食べてもよい。
2. しかし半年後を考えて食べる。
3. 胃を切ったのだから当然傷がある。完治するのに3～4ヵ月はかかるのだから、かばってやることが大事。
4. 時間をかけてゆっくりと食べる。
5. よく噛むこと。

食べてもよい食品、よくない食品の一覧表と献立表を渡される。痛風について質問すると「これまでの食生活の積み重ねであり、何かをひとつやめればいいというものではない」との答えで、プリン体は避けるようにということであった。

人生山あり谷あり

退院の見通しがついたので友人、知人の誰彼に電話を入れる。山へ籠って原稿を書いていたが20日には下界へ下りていけると伝えた。病院で入院していたとは言わない覚悟を決めていた。嘘も方便という言葉が頭に浮かぶ。

ところで「人生山あり谷あり」と言う。人の世の浮き沈み、七転び八起き、失望、挫折、絶望がつきもので決して右肩上がりで一生を終える人はいない。「禍福はあざなえる縄のごとし」であり「人生万事塞翁が馬」というわけである。得意と失意は誰しもが体験することで、男子たるもの淡然とし、泰然とすることが肝要であるとされている。どんな境遇に置かれても夜の

9時半過ぎの東京駅になってはいけないと言った人がいる。「のぞみ」がないからである。山に住む人は稀で大方は谷に住んでいる。それぞれの字に人偏をつけると山は仙人の仙となり、谷は世俗の俗となる。

今日も「清左衛門残日録」と「江戸を斬る」を見る。吸入、うがいなど定められたことはきちんとこなす。体がかなり軽くなってきたような気がする。頭が痛いのはいぜん続いている。右足首の痛みはほとんど感じなくなってきた。夕刻、大山先生がみえて右脇腹を調べてくれる。滲出液は出ていないという。やっと止まってくれたわけだ。やれやれよかった、ほっとする。吸入はあすから必要なしとなりパッチも今日限りとなる。ただ気管支収縮抑制剤は続けたほうがいいでしょうという。夕食後は中島先生もみえてくれた。

昼食は全がゆ、煮魚（あじ、まぐろ）、人参、もやし、ほうれん草、豆腐。

夕食は全がゆ、すまし汁（麩2個、えんどう豆、とろろ昆布、えのき）、マカロニ、えびのクリーム煮。ほうれん草と白菜の煮びたし。

食後の消化剤を飲むのを忘れて1時間半後に服用する。テレビのニュースでは今冬一番の冷え込みの由。日本列島に猛烈な寒波が襲来して猛吹雪、地吹雪のところがあり、それにともなっての交通事故が相次ぎ、凍った雪道の上で転倒する人の姿も放映されている。

病院のなかは暖かい。下界にくらべれば静かで平和で恵まれている。しかし病気や怪我で痛み、悩み、苦しみをかかえている人がほとんどである。不肖私もそのなかのひとりで、テレビを見ていて眠くなり10時半には寝入ったのだが、12時少し過ぎに目が覚めてしまった。尿意をもよおして、かなりの量が出た。口氷で気をまぎらわして、週刊誌を読んで眠気がきたところで横になる。

午前2時過ぎに目が覚めて放尿、口氷、週刊誌でまた横になる。外がしんしんと冷えこんでいる様子が感じとれる。今夜の収穫は読む気力が出てきたことであろう。

池口恵観というすごい人

12月17日（土）。検温の放送で目が覚めたがまたすぐ寝てしまった。7時少し前、看護婦さんに起こされる。36・3度と平熱である。歯を磨き顔を洗いテレビをつける。やがて朝食。おかゆ、みそ汁（キャベツ、菜）、凍り豆腐と白菜の煮びたし、はんぺん2切れ、牛乳（これまでの倍量、冷たい）。30〜40分かけてすべてを食べる。

食後30分頃、消化剤を飲んで横になる。看護婦さんが蒸しタオルを持ってきてくれた。ひと呼吸おいてから体を拭きにかかる。友人数名にあててハガキを書く。回診があるのでベッドで待つようにとの連絡が入る。大山先生がみえて右脇腹を調べ、滲出は完全に止まったと宣言（?・）してくれる。腹の中央の縫合部も大丈夫で、これでお風呂に入れますとのこと。このひと言で心がパッと明るくなった。お風呂にゆったりと身を沈めているところを想像する。

名誉院長の西満正先生が回診にみえた。5〜6名の若いドクターが随いてきている。「池口恵観というすごいお坊さんがいるんだが、お加持で治すから癌研病院へ入るなと言ったそうだ」と笑いながら若いドクターたちに話す。随いてきた数人は何と応じていいのか、分からずとまどっている。私は「おはようございます」と大きな声で挨拶してから「入院した時、西先生が餅は餅屋にまかせなさいと言われたのでそのようにしました。いまは後悔していません」

と伝えた。二、三やりとりがあって「無理をしないで、しっかり養生するように」と言われて西先生一行は病室から出て行かれた。

2年後、ある宗教新聞の対談で池口恵観法主と一緒に西先生を訪ねる機会があった。体調がすぐれないということで顔色が少し冴えない感じに受けとれた。逆に私は「すっかり顔色がよくなったねえ」と西先生に言われた。

1年後、西先生は逝去され、護国寺で盛大に葬儀が営まれ私も参列した。それから2年後、池口恵観法主が山口大学医学部で医学博士号の称号を授与された。西先生がご存命だったら我が事のように喜ばれたに違いない。

西先生が言われたように池口恵観という人は確かにすごい人である。百万枚の護摩行を成満されたこともさることながら、60歳を超えてから医学博士号を取得された。博士論文（脳死に関しての内容）がしっかりしているだけではだめで、英語をはじめ何科目かの筆記試験があり、2度にわたっての20数名の教授が居並ぶ口頭試問が行われたのである。

私などは初めっから博士号を取得しようなどと思っていないが、恵観法主はまず志を立てたわけである。それも仏教とか宗教学の得意分野ではなく、医学を選んだことに感嘆させられる。日常の業務のほかに講演、執筆、海外出張と超多忙、超過密スケジュールの合間を縫っての博士号受験である。本当にすごい人なのである。

桜島鎮護の大護摩行を挙行、ローマ法王との特別謁見、ハワイのパールハーバー、ロシアのハバロフスク、ポーランドのアウシュビッツ、イスラエルの嘆きの丘、フィリピンのマバラカット、中国の南京などなどで慰霊のお祈りを捧げてきている。日本人のためだけではなく、全人類のために鎮魂と平和の祈りを捧げるのが使命だとおっしゃっている。法力、包容力、実行力を併せ持つ池口恵観法主は、21世紀のこれからの日本に世界になくてはならない人であると言える。

眠れることのしあわせ

テレビのニュースで「けさは今冬一番の冷え込みで都心でも氷が張った」と報じている。冷たい外気に触れようと7階の中庭へ出てみた。喫茶室があって結構混んでいる。ボランティアの貸し出し文庫の書架もある。背表紙の文字を拾っていくと中河与一先生の『探美の研究』上下2冊が目に入った。階段の昇降を試みることにした。降りる1歩目に右膝がガクッときた。手摺りのあるところを通らねばと思う。

部屋へ戻ると家人が来ていた。弁当を持ってきていて昼を一緒に食べようという。そういえばもう昼食の時間である。おかゆ、キャベツと鶏肉、ジャガ芋とインゲン。おかゆが多いので3分の2ほど食べる。鶏肉は苦手でクッキー（飼犬の名前）に持っていってもらうことにする。あとはしっかり食べた（といっても大した量ではない）。なぜかヨーグルトが食べたくなり、家人に買ってきてもらい1箱食べる。

午後テレビで講談を見る。一龍斉貞水の「安兵衛婿入り」が面白かった。思い立って散歩に出る。といっても院内のあちこちを歩くだけである。すれ違ったひとりの高齢の女性がいきなり話しかけてきた。「あす退院なの」と。おめでとうと返す。5日に手術したというから私と同じ日だ。「死ぬかも知れないと思って入ってきたから、家へ帰れるのはやはり嬉しいわよ」

と言う。まったくおっしゃる通りである。「私は20日に退院です」と言って別れた。

夕食はおかゆ、茶碗蒸し（蒲鉾、椎茸、鶏肉、三つ葉）、ほうれん草、かれいの煮つけと人参。全部食べたらお腹が張ってしまった。苦しい。看護婦さんにそのことを話すと「無理はしないほうがいいわよ」と言われてしまった。

テレビで「小さな旅」「暴れん坊将軍」「世界不思議発見」を見る。何となく眠気が襲ってきたので10時すぎ就寝。目が覚めて小用を足して時計を見ると11時30分。すぐ横になり寝入って目が覚めたら12時57分。口氷で遊んだり週刊誌を読んだりして、やっと眠くなって時計を見たら2時2分。次に目が覚める時は少なくとも5時台になっていてほしいと思う。

尿意を感じて起きる。時計を見ると5時57分。やったあーという感じ。あんなに眠れなくてちょくちょく起きていたのに4時間近く眠れたというのはラッキー、ハッピーである。それにしてもとりとめのない夢をいろいろと見ていた。他愛のないものばかりでまるっきり思い出せないが……。

16　退院前夜

おかげさまの心

12月18日（日）。検温の放送前に目が覚めていた。合図を聞いてから測る。36・2度、まずまずである。歯を磨いて顔を洗ってテレビをつける。看護婦さんが交代した。ガーゼを取り替えてくれる。小用袋も取り替えたのだが、何がどうなっているのか、入れ代わり立ち代わり現れる。一体申し送りというものがなされていないのだろうかと、疑問に感じられる頻度である。

体重を測定する。69kg。やったあという感じ。とにかく70kgの大台をきることができずにどれだけ苦労してきたかである。がんにかかって胃を切除して、その副産物としての体重減だったが、皮肉にもこれまでの目標のひとつは達成できたことになる。次の目標は65kg、大山医師は60kgまで落としなさいというが、そこまではどうかと思う。

7時のニュースでは渥美清さんが出てきた。「男はつらいよ」の第47作がまもなく上映されるということでインタビューを受けていた。

朝食はおかゆ、味噌汁（菜っ葉）、グリーンピースの煮付け、白菜煮、牛乳。ゆっくりと時間をかけて全部食べる。家人から電話がきた。なるべく早く来てくれるように頼む。

7時半からNHK教育テレビの「こころの時代」を見る。日曜の朝の楽しみのひとつで極力見るようにしている。無一物中無尽蔵、花あり月あり楼台あり、という蘇東坡の詩を中心にした話で「今日一日思いやりの心で他人に迷惑をかけず、清々しく過ごそう」と結ばれた。

日本人の幼児教育は「他人様に迷惑をかけるな」が基本となっている。宗教学者のひろさちやさんは、これが間違いだと指摘する。インド人は「人は存在していること自体、他人様に迷惑をかけているのだから、何事につけ感謝の心を持ちなさい」と教えるという。

このほうが真実に近いのではないか。他人に迷惑をかけなければ何をやってもいいと勘違いする若い人が増えている。援助交際や売春もこうした間違った考えが基になってはびこっているのではないか。人間はひとりで生きていくことはできない。陰に陽にいろんなかたちで、いろんな人のお世話になってはじめて暮らしていける。

刻苦勉励、奮闘努力、自分の力で財をなし地位を築いたと豪語しても、そこには神様、仏様、他人様の力が働いてのことである。おかげさまという感謝の心を決して忘れてはならない。天地自然の摂理のなかに生かされているのである。生命はいただいたものであって、決して自分のものではない。だから大事にして粗末にしてはいけないのである。こうしたことをいろいろと教えてくれて、考えさせてくれるのが「こころの時代」という番組である。平成13年の今は早朝5時からの放送となり、ビデオにとっておいて見ることが多くなった。

患者はつらいよ!

大山医師が見に来てくれて「だいぶしっかりしてきましたね」と言ってくれる。こうした言葉が励みになる。さっそく階段を昇降したり、北棟までの廊下を往復したり南玄関へ行ってみたりと歩行訓練を行なった。人間は褒められるとうれしくなって、何事かをなそうとするものである。「おだてともっこに乗るものじゃない」と亡父がよく言っていたが、褒められて悪い気のする人はいない。かの山本五十六元帥も次のような歌を遺していると言われている。

やってみせ　言って聞かせて　させてみて　褒めてやらねば　人は動かじ

家人が来て、洗髪を手伝ってくれる。シャンプー台で洗ってもらいさっぱりする。足の裏が魚のうろこのようになって、次々と剝落してくる。これも身体侵襲のひとつの兆候なのであろう。

後日気がついたことだが、両手の指の爪が横一線という感じでへこんでいる。爪が伸びるにつれて、そこのへこみが前へ前へと進んでくる。やがて爪を切るころというか、切るところまできたのでなくなってしまったが(半年以上かかった)、手術を受けた日にへこんだのではないかと考えられる。

ついでに記しておくと、2カ月後くらいに左腕の肘に猛烈な痛みが襲ってきた。激痛と言ってもいいであろう。肘が何かに触れると飛び上がるように痛い。夜、寝ている時も右を下に横になり、体の上に左腕を乗せている。寝入ると自然に体が動き、左肘が敷布団に触れたりすると、目もくらむような激痛が走り、思わず飛び起きてしまう。ほとんど眠れない状態が数日続いた。さすがにふらふらしてきて、どうしていいのか分からない。大山医師も手を拱《こまね》いて首を振るばかり。整形外科の専門病院を訪ねてX線を撮ってもらったりして、調べてもらったが分からないという。応急処置というか緊急措置というか、痛む左肘のど真ん中に鎮痛剤の注射を打ち込んだら2～3時間痛みを忘れることができた。しかしそれは一時しのぎであって、またぞろ痛みがぶり返してきた。結局数日経ってその痛みは消えたのだが、いまだに何だったのか分からない。

生身の体というのは不思議で分からないことが多い。血糖値が急に下がって倒れてしまうというダンピング症状というのもあるが、幸い私はこの洗礼は受けなかった。関西の落語家・笑福亭小松師匠は時折ダンピングに襲われるという。

食事をしっかり食べるようになったせいか、押し出しで「大」が規則正しく排泄できるようになった。体が何となく軽くなったような気もする。歩こうという気持ち、何かを読もうという意欲もわいてきた。長い時間続けるのはまだ難しいが……。

午後4時から5時半までフジテレビの「ニュースの1年」を見る。そのあと日本テレビの「笑点」を見る。名物の大喜利は笑文芸の結晶というか極致で大いに楽しめる。夕食はおかゆ、おすまし（卵と三つ葉の茎）、トリ肉3切れとブロッコリー、キャベツ、ほうれん草のおひたし。

7時からのNHKニュースと「日本人の質問」はいすに座って見る。「シャーロックホームズ」は横になって見る。9時からのNHKスペシャル「中国の出稼ぎ少女たち」は座って見る。

あまり疲れを感じない。この分なら本を読めるかなと思う。

会長は出張中⁉

12月19日(日)。昨夜11時過ぎに横になって、午前3時に目が覚めた。建設省の技官・関和正さんが結腸がんにかかり、その闘病記をまとめた『天空の川』を読み出した。途中まで読んでいたので夜明け前に読了。続いて下巻の『大地の川』の頁をめくる。

5時に看護婦さんが来て「早いですね」と声をかけてくれる。まもなく採血にくるというので、横になって待っている。5時半ごろに採血となったがあまりうまくない。やっとの思いで血が採れたという感じ。電気を消してもらいうつらうつらとまどろむ。

6時半検温の放送、体温は36・2度。看護婦さんが来て脈を測る。起きて歯磨き洗顔ヒゲ剃り。7時40分朝食。おかゆ、味噌汁(菜っ葉)、キャベツとニンジン、トリ肉の煮付け、海苔、牛乳。30分かけてゆっくり食べる。普段の時も時間をかけてよく噛んで食べるほうがいいのだが、つい早食いになってしまう。

家人が来て話しているところへ大山医師。右脇腹のシールを取り替えてくれたが、まだ少し滲出液が出ているという。困ったなの思い。X線撮影に呼ばれる。8番入口から入って胃部、続いて6番入口で肺。大勢の人が詰めかけていたが早めに呼ばれて終わった。階段の昇り降り、病棟の廊下に中庭の散歩に精を出す。風が冷たい。

友人に電話する。消息を断っているのでおかしいとは感じていたが、まさか胃がんで手術を受けていたとはと一様に驚く。声にハリがないという。そう言えば自分自身声に力がないなの自覚がある。かっぱ村の多田祐子収入役も「ずいぶん長い出張だな」と不思議に思っていたという。松竹の寅さんファンクラブへ電話しても「会長は出張中と聞いています」としか答えてくれなかったとおかんむりである。ここはもう「ごめんなさい」と謝るしかない。

寝不足のせいか、いまいち元気になれない。せめて食事はしっかり食べようと思い、よく嚙むことにした。昼食はおかゆ、鱈とニンジンの煮付け、カブとインゲンとトリそぼろのカタクリ煮、ピーチ2切れ。食後昼寝をする。

3時ごろ起きて、病院内を歩いてくる。「清左衛門残日録」「江戸を斬る」（なぜか荒木又右衛門の鍵屋の決闘）を見る。また散歩に出る。日赤病院の外科部長・竹中文良先生の『続・医者が癌にかかったとき』を読み始める。いろいろと勉強になる。

夜の食事はおかゆ、すまし汁（鱈とエノキ）、卵焼きとほうれん草、サトイモとインゲン。すべて食べる。食後に服用する薬がある。朝昼晩の3回は「ナウゼリン」（吐き気や腹痛に効く消化管運動調節剤）、「エクスラーゼ」（消化酵素）、「タフマックF」（消化剤）の3種類、朝昼の2回は「ラシックス」（利尿剤）、「アルダクトンA」（利尿降圧剤）の2種類の合計5種類である。

家人が寄ってくれる。気温が下がって冷えこんでいるという。7時半ごろ帰る。8時近く大山医師が来てくれる。右脇腹の滲出液がまだ少し出ているという。空気をあてたほうがいいのでとガーゼにしてくれる。気のせいかチクチクとしている。「麻酔をかけて、あらためて縫い直しましょうか」と言われたが、お断りする。明日退院だから1月6日に外来で来るようにとのこと。その後は半年に1度のペースで検診を続けることになるという。リンパ腺への転移については3ヵ月後でないと分からない由。このほかにもいろいろとあって、この先当分この病院とは縁が切れそうにない。糖尿病、脂肪肝はよくなっているはずとのこと。

病床最後の夜

家人が持ってきてくれた郵便物のなかに時事通信社からの書留が1通あった。鹿児島での講演の日程表と航空券である。1月12日（木）午後、県下各市の市会議員300余名の皆さんに「心の健康、体の健康」について演述することになっている。約2ヵ月前に決まっていたことで、病み上がりの身だが務めなければならない。体を運べたとして、問題は声に力が戻っているかどうかである（その結果をここで記しておけば、無事役目を終えることができた。声にハリもツヤも戻っていて、90分間話し終えることができた。体重は落ちていたが、以前の太っていた私を知っている人はいないわけで、ごく普通に受け止めてもらえたようである。問題はその後で、体力が十分に戻っていないから気がゆるむとやはりがっくりときて、帰京してから帝国ホテルでのパーティーがあったのだが、とても出席する気になれず、一目散に家路につき、早々に就寝した）。

テレビで「水戸黄門」を見てNHKの9時からのニュースを見て、10時からの特別番組「老いる」を見る。この病室での最後の夜となる。明日からはわが家である。狭いながらも楽しいわが家、という歌を思い出す。ドボルザークの交響曲で「新世界」の家路のメロディーが浮かんでくる。「明るい笑顔は家の中の太陽である」という言葉が好きで、結婚式の披露宴で餞《はなむけ》の言葉として使ったり、サインを求められたら色紙に書いたりしている。幕末の歌人・橘曙覧は上五が「たのしみは」で始まる歌を連作で52首詠んでいる。題は漢文調で「独楽吟」。いくつか挙げてみる。

たのしみは　妻子むつまじく　うちつどひ　頭ならべて　物をくふ時

たのしみは　朝おきいでて　昨日まで　無かりし花の　咲ける見る時

たのしみは　そぞろ読みゆく　書の中に　我とひとしき　人をみし時

たのしみは　三人の児ども　すくすくと　大きくなれる　姿みる時

作者のやさしい心根、温かい家庭のぬくもりがじわりと伝わってくる歌である。夫唱婦随であろうが嬶《かかあ》天下であろうが、親子、兄弟姉妹がひとつ屋根の下で仲睦まじく暮らせることは何物にも代えがたい幸せといえる。ところで次のような不埒な歌が後世につくられている。

たのしみは　後に柱　前に酒　両手に女　懐に金

17 待ちに待った退院

最初で最後の経験

12月20日（火）。待ちに待った退院の日。昨夜は10時半ごろに寝て、午前2時57分に小用で起きた。4時間余もぐっすり眠ることができたのは最近では珍しい。しばらく起きている。口に氷をほおばって気を紛らわせなくてもよくなっている。本を読もうという気力もわいてきた。これなら退院にふさわしい状態だ。少し寝て、目が覚めたのは5時57分。体温は36・5。看護婦さんが来て脈拍を測ってくれるまで横になり待っている。

7時のニュースで風はないが都心でも氷が張ったと報じている。朝食はおかゆ、ミソ汁（キャベツ）、白采と鮭の煮びたし、トマト、ミルク。これが病院での最後の食事である。教育テレビの「中国語講座」を見ながらというか、聴きながらゆっくり食べる。

大学で第2外国語に中国語を選択し、2年間勉強したがまるっきり身につかなかった。文化大革命後中国へ行く機会に恵まれるようになり、たとえいくらかでも話せたらと思って学習することにした。日中友好協会主催の中国語学習ツアーに参加して年末年始を上海・北京で過ごしたり、NHKの中国語講座を欠かさず見るように心がけたり、それなりの努力を続けてきた。同文同種というが、同じ漢字なのにどうしてこんなに発音が違うのか、なかには意味まで違っているものがあって戸惑ったが、語学は素直にあるがままを受け入れないと進歩しないことが分かり、理屈じゃないんだと思ってから、長足とはいかないまでも短足ぐらいの進歩はした。

中国語学習ツアーの時は、大晦日の31日に蘇州の寒山寺を見学してから無錫《むしゃく》の太湖のほとりの宿に泊まった。総勢100名近い大世帯で、参加者のひとりという気楽な旅をしたかったのだが、いつの間にか幹事長のような役割を引き受けていた。寒山寺の鐘は思っていたより小さく、代わりばんこに撞いたのが除夜の鐘となった。

無錫市では市長さんはじめ、幹部数人が歓迎の宴を開いてくれた。そこで面白い話を聞かせてくれた。紀元前200年当地は錫が豊富にあって有錫と言われていた。400年間にわたってその錫を掘り続け、紀元後200年までに錫がなくなってしまったので、無錫という地名になったというのである。

それぞれが部屋へ引き揚げて、寝入ったかなあという時分に、けたたましい爆裂音で起こされた。爆竹である。本当にびっくりした。新年を迎えた時は爆竹を鳴らす風習があると知っていて、テレビか映画で見た覚えはあるが、まさか現実に自分が体験させられるとは思いもよらなかった。寝静まっていた全員が起き出してしまった。部屋の窓を開けてホテルの前庭を眺め下ろしたり、玄関へ出ていってみたりで、騒がしいひと時となった。

一夜明けての初日の出は太湖の向こうに昇ってきた。元旦に外国にいるというのは初めてのことであり、たぶん今後もないであろうから最初で最後の経験といえる。太湖は「臥薪嘗胆《がしんしょうたん》」「呉越同舟《ごえつどうしゅう》」の言葉を生んだ故事のあるところで、後年ヒットした歌謡曲「無錫旅情」にも歌われているところである。

日昼（中）友好を深める

中国旅行の思い出を書き始めるときりがないが、ひとつかふたつ書いておきたい。「日中友好薬業関係者訪中団」として初めて中国へ行ったのは1977（昭和52）年。文化大革命が終息して間もないころであった。北京では前門の毛主席記念堂へ案内されて、大勢の中国の人々の列に入り遺体と対面することが許された。うっすらと化粧が施されていて、まるで眠っているかのようであった。同行したTさんは日本人だが、かつて八路軍の兵士として戦った経験があり、毛主席の遺体を目の当たりにして声を殺してしばし落涙していた。

北京の王府井は東京で言えば銀座である。その銀座である王府井が当時は殺風景そのもの。夜は街灯もともらず商店も閉まり、遊ぶところも飲むところも、皆無といった状態であった。宿泊した北京飯店でも顔を出せるところはなく、だれかの部屋へつまみと飲み物を持ち寄ってしばし歓談するということしかできなかった。昼は学校、工場、人民公社などを訪問して友好を深めたが、夜はまったくダメという状態だったので、日昼友好と言うんだと理解した。

雲南省の昆明へ行った折、石林へと足をのばした。かつては海底だったということだが、空へ向かって高く直立したり、佇立《ちょりつ》したりしている石柱がいたるところに見られて、しばし息をのんだことを覚えている。小高い丘にある亭から眺める景色はまた素晴らしく、この景観は圧巻であると思った。そして同じ発音でこの警官は悪漢であるという言葉を思いついた。

　夜は少数民族のイ族の皆さんが、色鮮やかな民族衣装を身にまとって歌と踊りで旅情を慰めてくれた。「うちのお袋さんにそっくりの女性がいるよ」と言う人がいるくらいわれわれによく似ていた。そのことを通訳の人に言うと「あなた方がこの人たちに似ているんですよ」と言われてしまった。照葉樹林帯の歴史的発展過程を考えれば誠にごもっともで、おっしゃる通りである。

クリスマスカード

　朝食後わが家へ電話をする。息子が車を運転して家人と迎えにきてくれる手はずとなっている。10時に出てくれるよう伝える。けさは総回診なので、大山医師がみえている時に来てくれていればと思う。病院の事務室から電話がかかってきて、電話を締め切ってもいいかという。OKする。便意がありトイレへ。

　私の長年の生活習慣で食後によおすことが多い。高校の時の理科の先生が、タイプとして先出し式と押し出し式があると話したことをずーっと覚えている。私は後者のタイプである。ほとんど水便と言っていい状態であった。この状態が続いているので下痢止めを出そうかと言われたが、お断りをする。1日2回程度なら心配することはないと言われたし、消化剤と利尿剤を5種類も14日分と28日分もらっているのである。

横になって少しまどろんでいたら、夜勤明けの看護婦さんが4人も入ってきてクリスマスカードを渡してくれた。「ご退院おめでとうございます」と書いてある。大山医師の添え書きもあり、「男は仕事」とあった。そういえば休憩室にクリスマスツリーが飾られ、窓には吹きつけでクリスマスの絵が描かれている。24日のイブには何かイベントも行われるとかで、退院するのが急に残念に思えてきたから不思議である。

大山医師がみえて右脇腹を点検。「いやあやっと止まった。間に合いましたね最後の日に」と言いながらガーゼをはずし、イソジン絆を貼ってくれた。これで心置きなくお風呂へ入ることができる。退院後の生活についていろいろとアドバイスをしてくれる。現代医療、民間療法などについても意見を交換し、胃がんのⅠ期〜Ⅱ期についても改めて説明してくれた。写真を見ながらの説明で、私の場合はⅢ期で胃の外壁まで突き破って出てきていなかったから、非常にラッキーだったという結論。

しかし繰り返すようだが、毎年胃部検診を受けていたのにⅢ期まで進む以前になぜ発見できなかったのかである。過ぎたことを言っても始まらないが、病状を正確に把握できなかったのはどこのだれかという問題は残る。検査の方法が悪かったのか、検査結果の観察が悪かったのか。大山医師の説明によれば短期間でⅢ期に進むことはあり得ないと言う。早期発見、早期治療を呼びかけて多額の医療費を使っているのだから、見過ごすことのないようにしてもらいたい。

家人が大山医師に「この人は再発したり転移したりしたとしても、もう絶対に切らないと言い張っているんです」と告げた。大山医師は笑顔で「もしそうなったら私がまた説得します

イていたと大山医師が言っていたことを後日家人が私に伝えてくれた。
よ」と言う。何がどうよかったのか私には分からないが、12月5日の執刀はいろんな意味でツ

実にいい気分

息子と家人が荷物をすべて運んでくれる。ベッドの布団とマットの間から、家人が何やら引っぱり出している。五色に彩られたわら半紙大の紙で、なんと般若心経が書かれている。私が手術室へ運ばれた時に入れておいたのだという。保坂俊文・由美子ご夫妻が、ある占師からいただいてきたもので、病気平癒のお札であった。そんなこととは露知らず毎日そのうえで寝ていたことになる。

お札は家へ持ち帰り、庭で焼くのがしきたりで（お焚き上げ）、煙がまっすぐ昇れば吉で、横に流れるようなら病後が思わしくないのだそうである。この原稿を書き進めていてお札のことを思い出し、家人に確かめたところがそういう話で、煙がどのように昇ったのかは覚えていないという。「今こうして元気なんだからまっすぐ昇ったんじゃないですか」と家人も意外と無頓着なところがある。

ナースセンターへあいさつに行く。居合わせた看護婦さん全員にお礼を言う。階段をゆっくり降りる。手すりにつかまらず降りることができた。車の窓から2週間ぶりに活気のある街のなかを見る。大勢の人たちが忙しそうに往き来している。「久しぶりの娑婆だなあ」と口に出して言ってみる。するとぐっと込み上げてくるものがあった。息子がタバコの箱を差し出して「一服つけますか」と言う。タバコを吸ったことがない私へのジョークで、次の瞬間家人と3

人大笑いとなった。

家へ帰り、ひと息ついてから心配していただいたご近所へ挨拶に行く。お風呂を沸かしてもらい、ゆったりと入る。実にいい気分である。足の裏の皮膚がボロボロとはがれて湯船いっぱいになる。頭を洗い、顔を洗い、体を洗い、お湯に入り、冷水シャワーを浴び、とにかくお風呂を楽しんだ。家人が「入り過ぎだ」と怒るくらい長い時間お風呂場にいた。

一家そろっての団欒

昼食はうどん。初めていくらか空腹を覚えての食事なのでおいしい。卵、キャベツ、サトイモを食べる。1時半ごろ布団を敷いてもらい横になる。2時40分に目が覚める。足が温まっていない。冷たい。やはり貧血気味なのであろうか。こたつに入る。おやつにヨーグルトとリンゴ3切れ食べる。3時10分から「清左衛門残日録」「睡眠の科学」を見る。

5時過ぎ長女と紅毛碧眼・長身の婿さんが来る。米国はロサンゼルスに住んでいて1年ぶりの里帰りだ。玄関で出迎えたが、ひと目見て病み上がりだということが分かったらしく「どうしたの?」と聞かれてしまった。余計な心配をかけてはいけないということと、20日に帰国する時間が分かっていたので、その時はすでに退院して家にいることがはっきりしていたため、病気のことは知らせていなかった。しかし家人と国際電話で話している折など〈何かおかしい〉と感じていたという。

晩ご飯は久しぶりに一家そろっての団欒となる。ビールを少し飲んでみる。味がおかしい。お酒も少しなめてみるがやはりおかしい。食べ物の味はさほど変わっているとは思えないのだが……。その昔、胃潰瘍で胃を3分の2切除した知人が、退院後お酒を飲んでおいしくなかったので、そのままやめてしまったと話していたが、私もそんなことになるのだろうか。もしそうなったらいいような悪いような寂しいような、妙な心境である。昔から「酒は百薬の長」と言われてきている。血の巡りをよくし、体を温め、心気を高揚させ、まわりを陽気にする。ただし飲み過ぎると災いの素となるので、適量を旨としなければならない。こんな都々逸がある。

酒を飲む人、花なら蕾　今日もさけさけ、明日もさけ

狂歌では有名な次の2首がある。

酒飲みは　奴豆腐に　さも似たり　はじめ四角で　末はぐずぐず

酒のない　国へ行きたい　二日酔い　また三日目に　戻ってきたい

10時半まで起きていたが、目がかすんできた。これも後遺症なのだろうか。

18　一陽来福、新玉の年

久しぶりのわが家

12月21日（水）。久しぶりにわが家へ帰っての第一夜。夜中の1時半に小用で目が覚める。10時半に就寝したので3時間しか寝ていない。しかしすぐに寝ついて次は5時に目が覚めた。起きる。7時の朝食後気持ちよくお通じが出る。昨日までに比べればいくらか固くなっているが、後半は軟便水便となる。

こうした状態がこのあと3ヵ月ほど続いた。健康に関する常套句は数多くある。早寝早起き、腹八分、寝る子は育つ。句や歌になったものもある。健康な状態と不健康な状態を詠んだ次のような歌がある。

よく嚙んで　食べ過ぎないで　腹八分　いつもニコニコ　運動をする
よく嚙まない　食べ過ぎ飲み過ぎ　腹一杯　いつもイライラ　運動しない

理想的な便については「山型の長刀一本紙いらず」の句がある。健康な時にも、こういう立派（？）なのにはなかなかお目にかかれなかったが、術後は総体的に細く小さくなった。胃を3分の2切除したことで腸の働きも影響を受けているのであろう。

この日は家へ帰ってきたという安心感からか、入院疲れが出たとでもいうのか、心も体もしゃきっとしなかった。何となくだるくて動く気が起きない。散歩へ行かなくてはと思うのだがダメである。昼寝をして、昼食を食べても炬燵で横になり、何となくテレビを見て過ごした。「清左衛門残日録」を見るのが楽しみとなっている。

12月22日（木）。夜中の3時に起きて30分ほど眠れずにいた。灯りが室外に漏れていたのであろう。青い眼の婿さんのクリスがそーっと戸を開けて「大丈夫ですか？」と聞いてくれた。やさしい心の持ち主である。いずれ神職に就く勉強を大学・大学院で修めており、日本の教会へも来たいという希望を持っているので、日本語も一生懸命に習得しようとしている。

6時を打つ音を夢うつつのなかで聞いて、7時過ぎに意識がはっきりした。昨日に比べて目覚めた気分はすっきりしていていい。散歩に出る気力がわいてきたので朝食後ひと休みしてから出かける。風がなく気温も暖かい。クッキー（犬）を連れて、クリス・みどり夫妻がついてきてくれた。川村学園の裏から目白駅へ出て、学習院の前の目白通りを通って雑司が谷の鬼子母神の境内へと進む。思っていたよりスムーズに歩けた。仏教説話のなかの鬼子母神の話は有名である。

1000人もの子どもを養うため村人の子どもをさらう鬼女がいた。村人の嘆き悲しみを聞かれたお釈迦さまが、その鬼女の末っ子を隠してしまわれる。半狂乱になって探し回る鬼女に、お釈迦さまは末っ子を返しながら「お前が自分の子をかわいがるように、村人たちもわが子がかわいいのだ」とお諭しになる。それからの鬼女は心を入れ替え、やがて安産・子育ての神・鬼子母神として祀られるようになる。この説話をヒントに小咄を考えついた。よその家の子どもを食べるのは何も鬼女だけではなく、われわれ日本人のほとんどが春になると、よその家の子どもを食べている。筍（他家の子）である。

午後、昼寝して起きたところへ鹿児島の南風病院から電話がくる。セカンドオピニオンを求めた病院である。総婦長の酒匂寛子さんが、退院後のことを気づかって電話をかけてきてくれた。元気ないい声が出たので酒匂さんは驚いていた。1月12日に鹿児島へ講演に行くことになっており、その時にお目にかかれることを確認した。今日のように気分も体調もよければ、3週間後はさらに大丈夫だろうと自信がふくらむ。

病み上がりの意識

12月23日（金）。4時ごろ目が覚めて30分ほど起きている。いつの間にか寝入って7時半に起こされる。NHKの中国語講座に間に合った。二女のともみが散歩につき合ってくれるというので出かける。犬を連れ、大きなビニールの袋を持ってポイ捨ての空き缶を拾っていく。当時はアルミ、スチールどちらの缶でも1個につき1円を区が支払ってくれた。二女はいつも散歩の折にせっせと拾っていたので私もまねをして拾った。缶のなかも外も水で洗ってきれいにして、区役所の最寄りの出張所へ持っていくと、缶をつぶす機械があり個数分のシールをくれる。それをシートに貼って（１００枚分）持っていくと図書券と交換してくれる。二女は結構それで書籍を購入していた。

現在は区の財政が逼迫してこの制度は廃止されている。山でも川でも海でも街でも、なぜゴミで汚れるのだろうか。それは人が捨てるからである。捨てなければ汚れないのに、この自明の理を人はなぜ分からないのだろうか。タバコの吸殻、紙くず、空き缶、投げ捨てて平然としている人たちが大勢いる。なぜなのか。私は理解に苦しむ。

山や川や海を町の人が総出で清掃しているニュースがよく伝えられる。捨てる人がいなければ清掃する必要もない。その大勢の人のエネルギーを、もっとほかの建設的なことに使ったほうがよっぽどいいのにと思う。

作家の大野芳さんから電話が入る。池口恵観法主とお会いしてきたが、私のことをとても心配していらしたとのことであった。ありがたいことである。「おかげさまで無事退院して、日一日と病後の回復の道をたどらせていただいている」と答える。

今日は『男はつらいよ』第47作の全国一斉封切り日である。丸の内松竹（現プラゼール）では舞台あいさつが行われる。これにはぜひ顔を出さなければならない。退院後はじめて電車に乗る。地下鉄・丸の内線である。池袋始発で座れる。帰りは銀座からでこれも運よく座ることができた。元気な時は立っていて当たり前と思っていたが、無意識のうちに体をいたわろうとするのか、病み上がりの体が安定を求めるのか、とにかく乗物では座りたいと思うようになっていて、その後かなりの期間、この意識は働いていた。

未来に希望「一陽来福」

山田洋次監督、渥美清さん、吉岡秀隆くん、マドンナ役のかたせ梨乃さん、そして牧瀬里穂さんが舞台あいさつに立った。毎度のことだが大入り満員で各扉が閉まらない。松竹の社員の人たちと場外にいて声だけ聞いている。時折、頭と頭の間から舞台を遠望してみる。

第47作の副題は「拝啓車寅次郎様」で、主婦でアマチュアカメラマン役のかたせ梨乃さんに寅さんが恋心を抱くという物語。どうも声に力がないなあと思わせる寅さんだった。「日本が変わるタイヤが変わる」というCMに出ている渥美さんの声にも、なぜか力が感じられなかった。いまにして思えば病み上がりだったのである。病後、とくに術後は声に力が入らないことを私自身が経験した。不思議でも何でもなく当たり前のことなのである。

しかし、当時はそんなことを露ほども知らなかったので、ただなぜだろうと疑問に思っていた。年が明けてから寅さんファンクラブの恒例新春懇親会でも、口々に声に力がなかったなあの話題で終始した。当の渥美さんは演技をしながらどんなに辛かったことだろうと、いまにしてしみじみと思えることである。

舞台では併映の『釣りバカ日誌』の栗山富夫監督、西田敏行さん、三国連太郎さん、浅田美代子さんのあいさつが始まった。

小諸に寅さん記念館をつくった井出勢可さんに久しぶりに会った。柴又の高木屋老舗のおかみさん・石川光子さんのご家族にも会うことができた。この時の私は激ヤセしていたと思うのだが、松竹の皆さん始めだれもそのことについて触れないでいてくれたことが、どんなに救いになったことか。実に有り難いことであった。

冬至が過ぎてこれからは藁しべ1本ずつ日が長くなっていく。私の状態も少しずつよくなっていくように感じられてうれしくなる。冬来たりなば春遠からじ、明けない夜はない、止まない雨はないなどなど、未来に希望を抱かせる言葉がある。なかでもいちばん明るくて好きなのは「一陽来福」である。陽はまた昇り幸福の時が来る。平成6年が暮れて平成7年が明けた。

高浜虚子の句に、

去年今年《こぞことし》　貫く棒の　如きもの

がある。私が尊敬していた禅宗のお坊さん関根山草さんの句は、

苦難よく　受けて流して　去年今年

である。亀有にある曹洞宗の直指山見性寺のご住職であった。いまはご子息の野草さんが継いでいらっしゃる。

空蟬の世に無事を祈りて

日は坦々と進み、1月12日の鹿児島の講演も無事終えた。新潟の永林寺さんから連絡があり、1月16日夜のニュースステーションで放映されるのでぜひ見てほしいという。本堂にピアノが運び込まれ、羽田健太郎さんが曲を弾き、しんしんと降りしきる雪と幕末の左甚五郎と言われ

た石川雲蝶の彫刻が見事に映し出されて、素晴らしい世界が現出された。

降り積もっている真っ白な雪、ひっそりとたたずむ彫刻の数々、そして静かに流れる名曲の数々、久米さんのトークは正直いらないといった感じの世界だった。見終わって平和な気持ちで床についた。すっと眠りに入れて、珍しく夜中に起きることもなく、翌朝6時半ごろ目が覚めた。階下の居間へ降りてテレビをつけて驚いた。あの阪神淡路大震災が起こっていた。昨夜のあの静かな雪景色に比べて、けさのこの光景は一体何なんだろう。あまりにも違いすぎる。ひどすぎる。

私の父は若いころ関東大震災に遭遇している。母は3月10日の東京大空襲に遭っている。その悲惨な状態を繰り返し聞かされたことを覚えている。それが現実のものとしていま眼前に映し出されている。神戸に西宮に宝塚に住んでいる友人知人の顔が次々と浮かんでくる。無事だろうか、大丈夫だろうかと思うが、連絡の取りようがない。何か手助けができたら、と飛んで行きたい気持ちはあっても、病後のこの体の状態ではかえって迷惑をかけてしまうことになるだろう。

私の名前は壽一で「じゅいち」と仮名をふっている。しかし父は出来のいい甥の久一にあやかれと「ひさいち」とつけたという。災害のニュースを伝えるアナウンサーは口々に被災地を連呼するので、遠い昔に名前を呼ばれていたころを思い出してしまった。

2割から3割といわれた5年生存率をクリアして、いまは7年目に入っている。手術のため入院する前にたたずんだ空蟬橋、その橋の名前の由来を調べに郷土資料館を訪ねた。係りの女性が探し出してくれたのは「巣鴨のむかしを語り合う会」という座談会の冊子だった。

明治になってからの、このあたり一帯は広大な渋沢栄一邸であった。江戸時代、このなだらかな丘陵地帯に文人墨客が訪れて、花鳥風月を楽しんでいた。出世稲荷の祠《ほこら》があり、そのすぐ側に枝ぶりの素晴らしい、幹はひとかかえもある松の木があった。いちばん下の枝は地を這うように伸びていた。花を愛で月を見、雪を楽しむ風流人が、季節季節に訪れて絵を描き歌を詠んだところで、だれが名づけたか分からないが素晴らしい松の木を「空蟬の松」と言うようになった。

明治18年、鉄道を敷くことになってこの丘陵に切通しが掘られた。渋沢邸は3回に分けて売却されたという。空蟬の松は工事の影響で枯れはじめ、驚いた村人が大きな釜でアサリをゆでて松の根方に埋めて肥料としたが、結局枯れてしまった。そこで鉄道のうえに架けた橋の名に「空蟬」とつけた。

もうひとつの説は明治8年池袋・板橋方面での陸軍大演習の折、明治天皇が休息されて素晴らしい松の木を見て感嘆され、空蟬と命名されたというもの。巣鴨の古老たちの結論は、後者は権威づけの説で前者が正しいだろうという。

座談会では「この頃の若い者はソラセミ、カラセミと言うので嘆かわしい」ともあった。土木部で教えてもらうと、空蟬橋は区道187号の一般道路で全長27・8m、単純鋼板桁橋で昭和40年12月に建て替えられている。

終章に代えて／本書を書き上げて

胃の3分の2切除手術を受けてから10年、お陰さまで元気に毎日を過ごしている。変な言い方かもしれないが、5年生存率を2度クリアしたことになる。

1度目の時に『月刊がん・もっといい日』に闘病記を書かせてもらった。「空蟬橋《うつせみばし》—あるジャーナリストとがん」というタイトルだった。そして2度目の時に単行本を発刊してもらえることになった。書名は『がんを友に生きる』で、サブタイトルは「空蟬橋を渡ったジャーナリスト」。つくづく不思議なご縁だと思う。

10年ひと昔という。「歳月人を待たず」、月日の経つのは早いもので、世の中の移り変わりもまた、めまぐるしいものがあった。まず、がん研附属病院が有明に移転、もう空蟬橋の側にはない。朱野医院は、営団地下鉄（現・東京メトロ）13号線工事のため閉院となった。

わが「かっぱ村」は開村30周年を迎え、岩手県の遠野で記念行事を開催した。長野県小諸市の「渥美清こもろ寅さん会館」は、開館10周年を迎え、盛大に記念行事が挙行された。『男はつらいよ』初代マドンナの光本幸子さんが、何と「有遊会」の会員となり、浅草公会堂での2カ月に1度の例会で、机を並べる仲になった。つくづく奇しき因縁を感じている。

最福寺の池口恵観法主は世界平和、戦没者鎮魂のため精力的に世界を飛び回っている。永林寺の佐藤憲雄住職は、中越地震被災を奇貨として、石川雲蝶の彫刻群を東京で展示するという行動に打って出た。

NHKのラジオ深夜便「こころの時代」に出演したのが縁で、奈良・薬師寺の安田暎胤管主とお目にかかることができ、東京・日本橋の三越劇場で毎月開かれている「まごころ説法」で講演させていただいた。長昌寺の阪柳光春老師とは昨年10月、「玄奘三蔵法師の足跡を訪ねてシルクロードの旅」でご一緒させていただいた。なぜか私はお寺さんと縁がある。いろんな宗派のお坊さんたちと懇意にしていただいており、お寺で講演をさせていただいている。昔のシルクロードの旅は、幾多の困難を伴うものであった。そこで回文にすることができる。

「シルクロードの道路苦し」

がん研病院へ術後検診で通う回数は、当初が3カ月に1度、やがて半年に1度、そして1年に1度となり、現在は無罪放免（?）となっている（勝手に行かなくなっただけかもしれない）。MRI、CT、胃内視鏡検査、胸部、腹部のX線造影、電子検査などなど、ひと通りもふた通りも受けてきた。血液や便の検査はもちろんのことである。そこで感慨を一首。

病院の　自動受付　淀みなく　こなせるように　なって幾年

2度目の5年生存率をクリアした日々の主な出来事を若干綴ってみることにする。

平成12年

1月26日　上智大学のアルフォンス・デーケンさんが主宰する「東京生と死を考える会」のセミナーに出席する。デーケン教授とは、これまでにも断続的につながりがあった。日本で初めて「デス・エデュケーション」の必要性を説かれ、私も共鳴するところがあって会員となった。雪もよいの寒い日だったが、会場は満員の盛況で大変な熱気があった。

2月1日〜4日　鹿児島、最福寺の「星まつり」の講師として招かれる。「心と体の健康講座」として、大勢の信者さんの前で話させていただいている。笑うことが健康にいいという主旨で、大いに笑ってもらうことにしている。毎年私を心待ちにしてくれている信者さんもあり、有り難いことと感謝している。

1日〜3日は平川町の大弁財天さんの前で、4日は紫原のお不動さんの前で話をする。恵観法主の護摩行の前のひと時を、くつろいでもらう趣向である。

3月25日、26日　中学時代の同級生の会が、琵琶湖畔で開かれた。大半は富山県の八尾町からバス2台に分乗して出発、富山市でも参加者を拾って一路米原へ。東京、名古屋、大阪方面の一行は新幹線で集合、バス組に合流するという仕組み。卒業時の文集名が「青鳩」なので「青鳩会」と称している。石山寺で紫式部に会うなどしてホテルに1泊、翌日は比叡山延暦寺を参拝した。

この旅行は4年に1度開かれる。閏年《うるうどし》で、オリンピックが開かれ、アメリカの大統領選が行われる年である。そして何と、八尾町の町長選挙も行われる。同級生の吉村栄二君が町長で、今年も勝利を納めるその結束固めの意味合いも含まれているようなのである。町民でなく、選挙権を行使できない我々にはピンとこない話だが、吉村君にはぜひ勝ってもらいたい。雪が降って、あたり一面銀世界、まさに清浄の山になっている。ミニショートコントができた。

「比叡山延暦寺で鐘をついたら、50円とられたよ」

「まさに金つきだね」
「1000円だしたら、細かいのがないって言うんだ」
「つりがねえ」

9月2日、3日　薬業稲門会の有志10余名で越中八尾「おわら風の盆」へ行く。私が小・中学生の頃は、せいぜい近郊近在の人たちが出てきての、ささやかな賑わいだったが、今や全国区になってしまって、身動きもできないくらいの大賑わいである。それはそれで嬉しいことなのだが、吉村町長の話では、出費がかさんで大変なのだという。警備、公衆衛生などに万全を期しているが、観光客が町で使うお金はたかがしれていて、毎年多額の赤字になっているとのことである。

富山のホテルで角川春樹氏と会う。やはり「風の盆」に来たのだという。父君・源義さんは富山県の出身である。このあとの行動は別々になったが、1時間ほどいろいろと話すことができた。帰りの飛行機では、作家の渡辺淳一氏が乗っていた。日本経済新聞の朝刊に連載中の小説『愛の流刑地』は、この時の見聞が基になっているようである。この連載小説は「アイルケ」と呼ばれ評判となっている。かなり以前の『失楽園』も話題作だった。映画にもなったが、その時にできた小咄。

「上映中の映画館には昼間、おそらく大勢のサラリーマンが息抜き、暑さしのぎをかねて押しかけているだろうと、ある調査会社が調べに行った。すると中高年の女性のほうが目立って多かった。そこでポツリとつぶやいた。失楽園でなくて豊島園《としまえん》だ」

9月15日～17日　豊島稲門会の一行30名余で四国へ行った。小豆島の国際観光ホテルの社長に、会友の三木佑二郎さんが就任したので、お祝いをかねて押しかけたのである。三木さんは今、町長にもなっている。早大在学時は応援部で、かの有名な「コンバットマーチ」を作曲している。松尾撫精という号で川柳もよくする。代表作がある。

カミさんと　援助交際　30年

9月26日　素行会が新宿弁天町の雲居山宗参寺で開かれる。山鹿素行先生の316回忌が営まれた。明治時代に、乃木希典陸軍大将を始め、錚々たる人たちによって作られた会で大正、昭和、平成と連綿と続いている。

10月24日　仙台市で第38回日本癌治療学会総会が開かれた。会長は東北大学医学部金丸龍之介先生。特別企画Iのシンポジウムの演者のひとりに選ばれている。テーマは「癌治療ガイドラインを考える―胃癌ガイドラインをモデルとして」で、私は患者兼ジャーナリストの立場から発言した。スライドを使わないので会場は明るいまま、得意のジョークをまじえて演述したので、会場は大いに沸いた。後日「感謝状」が送られてきて、いたく感謝したが、演者すべてに送られたのであろう。

12月1日　がん研病院へ。諸種の検査。1週間後の8日、その結果を聞きに行く。主治医の大山繁和先生は「とくに問題はありません」と言ってくれた。

12月13日　午後7時、新宿西口の常円寺へ。「南無の会」というのが毎月第2水曜日に開かれている。今夜の講師は無着成恭先生。いつも心に残る話をされる。「財布から1万円を出そうとして落としたとします。拾いますね？　なぜか。自分の物だからです。雨上がりに傘をぶらさげていて、取り落としたとします。拾いますね？　自分の物だからです。では生命を落としたら拾えますか？　拾えないでしょう。なぜなら自分の物ではないからです。いただきもの、預かったものだからです。大事にしなければなりません」

こんな話もされた。忘年会のシーズンなので、みなさんお酒を飲んでいますね。でも適量にしなさいよ。「酒と女は2合（号）までです」

平成13年

1月16日　国立がんセンター病院長の垣添忠生先生にインタビューする。『月刊がん・もっといい日』で院長訪問の企画ができ、私がインタビュアーを務めることとなった。

1号におふたりの院長先生にご登場いただくことになり、まずは垣添先生へ見参となった。垣添先生には数年前、私の司会で『経済界』という雑誌のシンポジウムに出ていただいたことがある。2度あることは3度あるのたとえ通り、日本医学ジャーナリスト協会が出した文春新書『あなたのためのがん用語辞典』出版記念シンポジウムでもご一緒することになる。『経済界』のシンポジウムでは評論家で乳がん患者の俵萠子さん、生き甲斐療法を実践・指導していらっしゃる伊丹仁朗先生にも出席してもらえた。

5月12日～16日　アメリカのロサンゼルスへ。空港の出国手続きの時、係官がてきぱきと指示をして、それぞれの列をつくってくれたのはいいのだが、何がどうしたのか、私たちが並んだ列は一向に進まない。すぐ後についてた人たちは空いてる列にもっていかれ、結局しんがりとなり、最後の最後になってしまった。

外で待ってる娘が「乗ってこなかったのではないか」と心配するほど時間が経っていた。

「これがほんとのロスタイムだ」と笑い合った。ロサンゼルスへ来た理由は青い目の婿さんの大学院の卒業式に出席するためである。現在は大阪の和泉市に住んでいて、男の子ばかりの5人の子福者である。日米両国の国籍を持っているが、日本の少子化にいくらかでも歯止めをかけているのではないかと思っている。因《ちな》みに次女も2男1女の3人の母である。この8人がわが家に会すると、運動会というよりも戦争状態になってしまう。

11月16、17日　日本医学ジャーナリスト協会の見学会で「ハートピアきつれ川」へ行く。1泊2日の日程である。精神障害者の更生施設で、ホテルの従業員として働いている人もいれば、お土産品を作っている人もいる。料理もおいしいし、温泉も広々としてなかなかいい。また来てみたいなと思わせるところだった。

女性が洗髪後に、頭に被って髪を乾かす布製のキャップというかシャッポというか、を売店で買った。カミさんや娘たちに好評なので、後日大量に注文してご近所や親戚に配って喜ばれた、

11月28日　荒川がん予防センターへ講演に行く。100人くらいのみなさんを前に、自分の体験を踏まえて面白おかしく、がんのあれこれについて話す。

平成14年

6月15日　1年に1回の桂前治の会が、国立演芸場で開かれた。前治さんは江戸っ子落語家桂文治師匠の弟子だが、歴としたお医者さんで、中央群馬脳神経外科病院の院長である。毎月第4土曜日の午後「病院寄席」を開いて、患者さんとその家族、付近の住民のみなさんを楽しませている。

私は取材に行って懇意にしていただくようになった。東京からいろんな芸人さんを呼び、自らも高座に上がる。常に満席となり、聞き上手というか喜ばせ上手というか、客席からドーッという力強い笑い声がまき起こる。

桂前治こと中島英雄先生は、物心ついた頃から落語を聞いていた。お父さんが桂伸治（のちの文治師匠）を贔屓にしていて、自宅を開放し、ご近所の人を集めて落語会を開いていた。話の内容は子供には分からないが、大人の人たちをこんなに笑わせるというのはすごいことだ。「よーし、大きくなったら落語家になろう」と中島少年は固く心に誓っていた。

ところが小学校低学年の時、小児マヒに罹《かか》ってしまった。それを後遺症なしに見事に治してくれたお医者さんをみて「よし、医者になろう」と心に決めた。そして高校時代に落研をつくり、群馬大学医学部へ進学すると、またまた落研をつくり、文武ならぬ落医両道をまっしぐらに精進することになった。医学の勉強より落語の修業の方が長い。そこで「長くやっている方は間違えません」笑わせる。

6月30日　学習院大学で第4回国際浮世絵学会が開かれた。わが家から徒歩3分で学習院大学である。近いということと浮世絵が好きということで会員になった。いろんな研究発表を聞いているだけで楽しいし、浮世絵の展覧会や各種催しの案内は漏れなく届くし、招待券や割引券が送られてくるのが嬉しい。

平成15年

5月27日　日本医学ジャーナリスト協会の総会が開かれた。特別講演の講師として三笠宮家の寛仁親王殿下においでいただいた。食道がんなどで、5度の手術をお受けになっている。そうしたご体験をもとに、医療の諸問題についてお話をうかがった。

後日、御礼のご挨拶に東宮御所へ参上した。結構なたたずまいのなかを、玉砂利を踏んで進んだ。玄関から応接室へ身を固くしながら歩いた。「明日トルコへお発《た》ちになるのですが、少しお風邪気味なので、みなさまにお目にかかれません。殿下がよろしくとのことです」とお付きの方から言われた時は半ばホッとし、半ば残念な気持ちになった。

帰り際玄関で、立派な訪問者名簿に署名させられた。上質な硯に墨がすってあり、筆をとっての署名である。もっと習字に身を入れておくんだったと思ったが、後の祭りである。

6月3日　名古屋へ行く。53歳でリンパ腺がんで亡くなった妹の3番目（次女）の結婚式である。カミさんと息子と、長女の子供（3歳）を連れての旅である。式場を確認してから、近くのレストランで昼食をとる。カミさんがメニューを見ながら「ひまつぶしってあるけど、何かしら」と言う。すっかり忘れていたが、私もかつてそのように読み違えたことを思い出した。「ひつまぶし」のことだ。大笑いとなる。

妹夫婦が相次いで亡くなり、残された子供3人が、おばあちゃんと一緒に金沢で暮らしていた。上の長女と長男が金沢で縁に恵まれ結婚し、最後のひとりが今日晴れの日を迎えることができた。遠く離れていて、ほとんど何もしてあげられなかったオジさんだが、心情的には親代わりを務めて来たつもりである。これで妹への責任の一端は果たせたことになるのだろう。

12月15日　都立大塚病院へ入院する。鼠蹊《そけい》ヘルニアの手術である。年を取るにしたがって、身体上にいろんなことが起こってくる。髪は薄くなり、白くなる。眼は見えなくなる。歯が失われていく（抜いたのは1本）。眼底出血はする。老人性掻痒は出てくる。姿勢が悪くなる（前かがみ）。頻尿になるかと思えば、ハキハキ出ないし、水勢（?）も弱まる。

遠い昔、私はまだ10数歳の頃、小島町の銀鍋の叔父さんが、しきりとぼやいていたことを思い出す。小便器にナフタリンボールが入れられていた。それを動かすことができなくなったと言うのである。今もしそれがあったら、私も動かすことができなくなっているのだろう。

仙厓和尚の戯画「老人六歌仙」の状態が見事に現れている。眼はかすむし、歩く速度も遅い、なぜか躓きやすくなっている。上げているつもりでも足が上がらなくなっているのか……。加齢とともに華麗とはどんどんと遠ざかりつつある。「生い立ち」ならぬ「老い経ちの記」を1冊ものにできそうな塩梅である。

そうそう胃切除後、辛いカレーは受け付けなくなった。ミニショートコントをひとつ。

「和歌山のカレー事件だけど……」

「あれはハヤシだ」

「否認（ヒニン）しているのに、なぜ子供が4人もいるんだろう……」

ヘルニアの手術は26日に行われ、29日には退院、年が明けてからの6日に行って抜糸をして終了となった。

平成16年

1月22日　市ケ谷のグランドヒルホテルへ行く。航空自衛隊女性の会に呼ばれて、講演する。思えば奇しき縁である。「江戸へいらっしゃい」という会があり、主宰者の梅田万紗子さんが自衛隊関係の仕事をしていらっしゃる。「江戸の洒落と滑稽」について講演したのを、航空自衛隊の機関紙『翼』に寄稿した。編集長南崎新一郎氏。その縁で航空大学校の幹部のみなさん方にも話させていただいたし、女性の会にもとなった次第である。

大学校では校長先生を始め、みなさん背筋がピンと伸びていて、挙措動作は機敏にして礼儀正しく、凛とした応対を受けて、思わずこちらまで心身がピンシャンとしたことを覚えている。

1年に1度開かれるパーティにも招待を受け、欠かさず出席している。防衛庁長官を始め、航空自衛隊の幹部のみなさんが勢揃いする。昔ならば綺羅星の如くと表現するのであろう。ルパング島から帰国された小野田寛郎さん始め、招待客もまた多士済々である。

5月22日「ジャパン・ウェルネス」の研修会に出席する。日本赤十字社の外科部長だった竹中文良先生が組織された会で、ご自身もがんの手術を受けていらっしゃるので、がん患者さんの相談を受けたり、研修会を開いたりという活動を展開されている。私も賛助会員として入会している。

もうひとつ「あるふぁ・くらぶ」というのがある。胃を切除した人たちの会である。毎月1回情報紙が送られてくる。B5判16頁で合言葉は「医師と患者の話し合い」「患者同志の助け合い」である。また宣言は次のように謳われている。

「胃を切った人は自らの努力と工夫で、術後の後遺症を克服してゆこう。そして普通の人よりむしろプラス・アルファ元気に長生きしよう」

思わず元気の出てくる言葉である。メディカルアドバイザーの方々がまたすごい。日野原重明先生（特別顧問）を始め内科、外科、漢方の錚々たる先生が5人も名を連ねていらっしゃる。

慶応大学の北島政樹先生には、院長時代にインタビューさせていただいたことがある。アルファ・クラブを創設した世話人副代表の梅田幸正さんが、これまたすごいお人である。80余年に13回も手術を受けて、そのうち9回が全身麻酔だったのいうのである。60年余で全身麻酔1回、局所麻酔1回の私の身からすれば、気の遠くかるような存在である。梅田さんは常人ではない。超人である。

「キャンサーフリートピア」という、がん患者さんの相談に応ずる機関を立ち上げたのは土屋繁裕先生である。がん研附属病院に16年間勤められ、郷里・福島県郡山市で父君が経営されている土屋病院へ外科部長として帰られた。金曜から日曜が郡山、火曜・水曜・木曜の3日間が東京・麴町である。大の寅さんファンで、ビデオ48巻を繰り返し見ているので、私なんかよりよっぽど詳しい。私が入院している時、寅さんファンクラブ会長ということで会いたかったのだが、遂に機会がなかったとのこと。『月間がん・もっといい日』を通じて知り合うことができた。会うべき人、縁ある人とは遅かれ早かれ必ず巡り会えるのだと、改めて思った。医師がいかに患者さんを虐待しているか、ということで「ドクターハラスメント」（ドクハラ）なる言葉を使い、本にまでされている。『肺がんハンドブック』『ガン病棟の真実』など著書も多い。

8月7日　新宿の源慶寺へ田所康雄さんの墓参りに行く。芸名は渥美清さん。命日は4日なのだが、松竹の関係者、寅さんファンクラブの面々など、やはり集まりやすい土曜日ということで、今年は7日になった。

山田洋次監督もおみえになり、思いがけず田所夫人の正子さんとお嬢さん、そのお婿さんにもお目にかかることができた。ご遺族と会うのは大船のお別れの会以来である。

9月18日　日本医学ジャーナリスト協会の会員10名が手分けして執筆した『あなたのためのがん用語辞典』の出版記念シンポジウムが開かれた。朝日新聞OBの大熊由紀子さんの司会で、私はがん患者兼医学ジャーナリスト協会代表ということで参加した。お陰さまで大盛況、本の即売も上々だったという。

11月15日　がん診療円卓会議が開かれて、私もパネラーのひとりとして参加した。アメリカからカール・サイモントン博士が参加され、特別講演が行われた。統合医療ビレッジの星野泰三理事長らが立ち上げたもので、今後の活動が期待されている。

12月4日　胃切除手術を受けてまる10年が経った。感慨一入《ひとしお》のものがある。思い返してみると、朱野誠医師の先輩が、がん研病院副院長の中島聰總先生であり、大山繁和医師と私の病巣部の手術を担当してくれた。「がんを友に生きる」、私の人生がそこから新しく始まることとなった。その中島先生から「来春、本を出すので推薦の言葉を書いてほしい」との依頼がきた。私は喜んで書かせてもらうことにした。『胃がんの素顔』（悠飛社）という本で、胃がん治療のガイドラインを作成した、第一人者の中島先生にはうってつけの内容である。仙台での日本癌治療学会のパネリストに推していただいたのも中島先生なら、癌研究会ヒトゲノム・遺伝子解析倫理審査委員に推してくださったのも中島先生である。

私が「がん患者」にならなかったら、とうてい結ばれることのないご縁を、いろいろと結んでいただいた。朱野先生、中島先生、そして池口恵観法主に私は、いずれも昭和11年の生まれである。それで私の名前が寿一（じゅいち）で、11年は子年《ねどし》なので「生まれた時からチュー年といわれている」と自己紹介することにしている。

「どんぐりの会」（椚計子代表）始め、がん患者さんの会や膠原病、その他難病の患者さんたちとも、数多く知り会えるようになった。日本製薬工業協会が、広報活動の一環として各種患者会の人たちに役立つセミナーの企画をたて、実行し出したのもこういった繋がりを広げることになったといえる。「笑うことが、人間の免疫機能を活性化する」というのは、今や患者さんたちの常識になっている。そういう意味で講演を頼まれれば、極力出向いてひとりでも、ふたりでも多くの人に笑ってもらうよう心がけている。

胃切除後、5年生存率をクリアした時に『月刊がん』が創刊され、深見輝明さんの依頼で闘病記を連載することになった。小島明将社長、はが里枝さん、基佐江里さんが後押ししてくれた。第Ⅱ期（?·）5年生存率をクリアした時、つまり10年目に何とか単行本を、との思いを強くした。

「念ずれば花開く」（坂村真民）である。畏友・大野芳さん（作家、かっぱ村村長）が、元就出版社の浜正史社長を紹介してくれた。縁は異なもの味なもの―というが、浜さん一家の主治医が、何と私のがんを最初に見つけてくれた朱野誠先生であった。

がん患者のひとりとして、5年生存率を2度クリアしたといっても、いつ再発するか、いつ転移するか、といった恐れはいつも頭に中にある。しかし「いつ死んでもいい」と覚悟を決めれば、さほど慌てふためくことはないだろうとも思っている。お陰さまで「がんを友に生きる」を上梓できることになった。全ての皆さまに感謝である。

まつい　じゅいち
1936年東京生まれ。早稲田大学卒業。（株）薬業時報社の記者、取締役編集局長を歴任。現在、フリーの医療ジャーナリスト。「日本医学ジャーナリスト協会」副会長、「男はつらいよ」寅さんファンクラブ会長。著書に『薬の文化誌』（丸善ライブラリー）、『出逢い、D．I』（医薬経済社）『薬も百薬の長』（薬事日報社）など。ＣＤはＮＨＫ『ラジオ深夜便・こころの時代「笑いは百薬の長」』

がんを友に生きる

2005年11月15日　第1刷発行

著　者　松井　寿一
発行人　浜　　正史
発行所　株式会社　元就《げんしゅう》出版社
〒171-0022　東京都豊島区南池袋4-20-9
サンロードビル2F-B
電話 03-3986-7736　FAX 03-3987-2580
振替 00120-3-31078
さしえ　原　えつお
装　幀　唯野　信廣
印刷所　中央精版印刷株式会社

ISBN4-86106-036-2 C0095